LIÇÕES

RUBRO E ROXO

Jorge Valpaços

Copyright© 2021 Jorge Valpaços

Todos os direitos dessa edição reservados à editora AVEC.

Nenhuma parte desta publicação poderá ser reproduzida, seja por meios mecânicos, eletrônicos ou em cópia reprográfica, sem a autorização prévia da editora.

Editor: Artur Vecchi
Projeto Gráfico e Diagramação: Vitor Coelho
Design de Capa: Vitor Coelho
Ilustração de Capa: Alexandre Richinitti e Erik James Paul
Revisão: Gabriela Coiradas

1ª edição, 2021
Impresso no Brasil/ Printed in Brazil

Dados Internacionais de catalogação na Publicação (CIP)
(Câmara Brasileira do Livro, SP, Brasil)

V 211

Valpaços, Jorge

Lições: rubro e roxo / Jorge Valpaços. – Porto Alegre : Avec, 2021.

ISBN 978-65-86099-76-8

1. Ficção brasileira
I. Título

CDD 869.93

Índice para catálogo sistemático: 1.Ficção : Literatura brasileira 869.93

Ficha catalográfica elaborada por Ana Lucia Merege – 4667/CRB7

EDITORA
Caixa Postal 7501
CEP 90430-970 – Porto Alegre – RS
contato@aveceditora.com.br
www.aveceditora.com.br
@aveceditora

LIÇÕES

Volume 1

RUBRO
& ROXO

Jorge Valpaços

2020

PARTE 1

MARCAS NA PELE

Capítulo 1: Sonhadores

SANGUE PISADO

Um, dois, três, cinco, dez, trinta passos. A aceleração é alucinante. Cada passo dado daquela disparada de corredor profissional parece marcar o compasso de uma balada *techno*. Os músculos se esticam e comprimem como em uma bela dança, repleta de potência e leveza. Felipe se move seguindo uma oscilação específica, extraindo energia da fluidez de sua própria corrida. É um dínamo, e raios azuis e amarelos faíscam como detalhes de seu *collant*, raios que regressam ao seu corpo pelos longos *dreads* azuis. Sua graça misturada à técnica ofusca não apenas os olhares, mas o próprio ambiente, impedindo que lâminas e setas o atinjam.

— Lá vai ele, veja só. O Felipe não muda, sua postura desleixada chega a ser arrogante... - Lucas resmunga enquanto tenta encontrar a saída da sala, que se comprimia a cada minuto. O calor é grande e o jovem afrouxa um pouco sua gravata. Aliás, é bem peculiar o figurino do rapaz de traços indígenas. Lucas veste roupas antigas, um tanto largas e amarrotadas. Enquanto o rapaz negro se mostra como um herói afro-futurista, Lucas parece um antiquário do século XIX, uma imagem um tanto deslocada do jovem que é.

— Você está ouvindo algo do lado de fora, Anne?

— Hum... Escuto um buchicho estranho do outro lado da parede. - A menina de cabelos curtos responde com a voz um pouco abafada pelo elmo que veste. — Pera, Lucas. Tem um ritmo também, algo regular. Parece que estão tocando um tambor. Não, acho que tem alguma coisa batendo forte no chão, como um bate-estaca. Vocês estão sentindo?

TUM
TUM
TUM

— Estranho, Anne, eu não ouço nada. Mas consigo sentir o tremor nos meus pés. - Lucas enxuga o suor do rosto com um lenço. — Acho melhor encontrarmos algum meio pra tirar a gente daqui. Não tenho um bom pressentimento sobre esse barulho. E daqui a pouco o Felipe vai se cansar de fugir das armadilhas.

Eles parecem estar em uma sala de aula do Colégio Estações, mas um olhar atento revela que não estão exatamente naquele espaço. E não apenas por suas roupas improváveis. Tudo parecia distorcido, as paredes em carne viva e o tom do ambiente indo do vermelho-sangue ao violeta, até mesmo roxo. Ainda que a mesa do professor esteja lá, e Anne e Lucas a usem como refúgio, a sala não tinha portas ou janelas. Agora, cada detalhe nas paredes revela apenas desenhos grotescos, cheios de xingamentos, nos moldes daqueles das portas de banheiros. Cada carteira foi transformada em uma espécie de dispositivo de tortura, repleto de correntes e arremessadores de setas. E mais, os braços articulados das carteiras têm, no lugar de um simples suporte para livros e cadernos, lâminas enferrujadas. As cadeiras, animadas de forma bizarra, seguem tentando acertar Felipe. As criaturas riscam por onde passam com sua fúria, emitindo um ruído estridente e irritante que, combinado ao tremor sentido pelos três, adensa o desconforto, o temor.

— Galera, não quero estragar a brincadeira de casinha de vocês aí embaixo, mas dá pra arrumar um jeito de tirar a gente daqui? É que isso aqui já tá meio chato. ‑ Felipe usa a parede como apoio, desvia-se de um braço de cadeira cortante e dá um chute, a arremessando contra outra.

— Ali, o armário no final da sala! ‑ Uma boneca de cabelos ruivos ergue-se. Agora, já com o tamanho e o semblante de uma adolescente, ela aponta para o armário da sala, o mesmo que guarda livros, mapas, o projetor e outras ferramentas usadas nas aulas.

— O que tem o armário, Sabrina? ‑ Lucas ergue-se e questiona a menina, que talvez seja a mais alta dos quatro.

— Aquela é a única porta, cara! Se liga! É uma porta de verdade. Vai ficar parado aí? Vamos, pessoal! ‑ Sabrina ajeita seu vestido, o suspende um pouco para ter mais mobilidade, aproveita a distração de Felipe ante as carteiras e corre com todas as suas forças na direção do armário...

**TUM
TUM
TUM**

...mas o tremor do chão foi grande, fazendo com que suas pernas vacilem. Sabrina tropeça no meio da trajetória e cai sobre seu braço esquerdo. Um clique, um osso fraturado. Um urro de dor. E as carteiras, que rodeavam Felipe, parecem gargalhar ao arranhar o chão e cercar a menina caída. Caso houvesse face em tais móveis, por certo estariam se deliciando com a sua dor.

— Nada disso! ‑ Anne se levanta e sua armadura de placas brilha. Enquanto o visor do elmo se fecha, ela muda totalmente sua postura. Antes acuada e escondida debaixo da mesa do professor, agora ela ergue o móvel com uma obstinação sobrenatural e o arremessa contra as carteiras. Após abrir caminho até o cerco a Sabrina, Anne, agora uma cavaleira destemida, se coloca à frente de sua amiga, recebendo os ataques em suas costas protegidas. Sorte que nenhuma lâmina penetrou tão profundamente a ponto de acertar o seu corpo. Mas é uma questão de tempo até isso acontecer...

— Vamos, presidente! O grêmio ainda precisa de você! - Lucas, que não tinha mais a mesa do professor para protegê-lo, aproveitou a cobertura de Anne para ajudar Sabrina a chegar ao fim da sala, escorando-a após passar o braço direito da amiga ao redor de seu pescoço.

— Valeu, Lucas. Mas acho que este outro braço já era. — Ela olha com preocupação para seu braço pendente. Já sei que vou ter "aquela" dor de cabeça quando acordar.

— Acho que todos vamos ter, Sabrina. Todos nós.

Lucas abre a porta do armário da sala e entra, ajudando Sabrina a passar por ali. Logo depois é a vez de Felipe, que ricocheteia de um canto a outro da sala sem demonstrar esforço, pisando sobre algumas carteiras vivas. Enquanto isso, a cavaleira Anne bloqueia o avanço das remanescentes com a lança que se materializou em suas mãos. Por fim, ela atravessa e fecha apressadamente a porta.

Não é a primeira vez que os quatro amigos adentram esta espécie de versão alternativa e soturna do Colégio Estações. Mas eles sempre topam com um arranjo, com uma configuração diferente. Decrépita, distópica, em ruínas, por vezes, eugênica. A escola no mundo dos pesadelos molda-se por meio dos problemas reais do Colégio Estações, onde Sabrina, Lucas, Anne e Felipe estudam. E por vezes, os problemas sangram, como as paredes de dentro do armário, que se alongavam como um grande corredor manchado de sangue, por onde andavam ao sair daquela espécie de sala-armadilha.

— Aqui parece até quando a gente se conheceu, não é mesmo, Lipe? — Sabrina tentava mexer seu braço, mas ele não respondia.

— Parece mesmo, ainda que, hoje, eu veja que ficar preso no armário foi uma metáfora óbvia demais que meu inconsciente armou pra me reprimir. Mas saca só, Sabrina, isso aqui não tem nada a ver conosco. Ou tem alguma coisa aqui relacionada com vocês? — Felipe virou-se para os mais novos.

1 • Sonhadores - Sangue Pisado

— Eu já disse que não gosto de falar sobre isso... — Anne retoma sua postura retraída enquanto a lança desaparece de suas mãos, junto ao brilho da armadura.

— Qual é, cara? Não force os nossos traumas aqui! E sobretudo o da Anne, que foi o mais pesado! — Quando Lucas usa gírias, é porque perdeu o controle. Ele sempre tenta manter seu linguajar refinado, aliás, antiquado. — Toma aqui, Anne. É chá de camomila. Você estava muito agitada ali atrás. É melhor se acalmar. — O garoto tirou um saquinho de chá do paletó marrom e, após abrir o livro Alice no País das Maravilhas que carregava consigo, puxou lá de dentro uma xícara com água fumegante.

— Alô, Luquinhas, não come mosca não! A gente já é alvo aqui. Não tem problema algum abrir o jogo, já que a gente pode usar esses poderes justamente porque lidamos com nossos medos. Vai dizer que fazer esse truque do chazinho aí não te deu nem uma pontinha de calafrio?

Enquanto Lucas e Felipe batiam boca, Anne percebeu que Sabrina investigava o redor. Talvez sua amiga já soubesse em que parte do colégio estava.

— Sabrina, que lugar é esse? – Anne tomou um pouco de chá, olhando para o braço sem vida de sua amiga.

— Estamos saindo nos armários que ficam perto da biblioteca. — A presidente do grêmio fecha os olhos e uma maquete 3D completa da escola aparece em sua mente. — Olha só, são eles mesmos. E só daqui dá pra ver o pátio desse jeito, olha ali. Ah! – Sabrina esquece momentaneamente a dor em seu braço esquerdo e aponta para uma fresta nos corredores-armários, sentindo uma pontada de dor. — Finalmente vamos sair. Ainda bem que usamos nossos "truques", como o Felipe diz. Já estava farta. Foi o terceiro pesadelo naquela mesma sala! Não aguentava mais ter de cortar o pesadelo e acordar ensopada de suor! Ainda bem que conseguimos dessa vez. Espero que a gente entenda o que está rolando agora, já que saímos de lá.

— Vocês dois. Melhor ficarem atentos, novatos. A sala que nos bloqueava era uma espécie de barreira. Agora que furamos esse limite inicial, a gente deve topar com os domínios verdadeiros do pesadelo. — Anne ouvia com atenção e Lucas anotava em um bloquinho, como um aluno disciplinado.

Os quatro saíram do armário que Sabrina indicou e, logo após tocarem o chão quadriculado que parecia um tabuleiro de xadrez, a porta se fechou. Por puro instinto, Felipe reabriu o armário e viu apenas troféus e algumas chapas metálicas. Eram placas que homenageavam antigos formandos que se destacaram nos estudos. Mas como todos já estavam acostumados com essas coisas sem sentido no mundo dos pesadelos, o rapaz deu de ombros e voltou-se à Sabrina.

— Vou mandar a real, chefinha. Meio chato esse plano de sair da sala. É muito melhor gastar o tempo acabando com aquelas carteiras. ‒ O garoto girou os seus braços, mostrando grande elasticidade.

— Felipe, você acabou de falar que aquela sala poderia ser apenas uma distração, um bloqueio. Agora fala isso? Enquanto estávamos lá brincando de sobreviver à sala-armadilha, algo maior poderia estar a ocorrer nas outras dependências do colégio. Pelo menos foi isso que entendi.

— Mas isso não me impede de dizer que lá era mais agitado que aqui. Olha que marasmo. Nada acontece. Você até voltou a falar com firulas. Já voltou a usar palavras como "cerne" e "conjecturou"! Como é erudito o menino Lucas! ‒ Enquanto Felipe tirava um sarro de seu amigo, unia o polegar ao indicador de sua mão esquerda, criando uma circunferência que, próxima ao seu olho, criava a imagem de um monóculo. Com a outra mão, fazia de seu indicador e médio bigodes que também se moldavam, criando a caricatura de sabichão no mundo dos pesadelos. — Mas você tá certo. Você sabe que gosto desse biquinho que você faz quando eu pego no seu pé, Lucas. ‒ Felipe encerra a zoeira com uma piscadela para seu amigo, fazendo Anne dar um risinho.

**TUM
TUM
TUM**

1 • Sonhadores - Sangue Pisado

Os estampidos foram ouvidos por todos. Silêncio. Não era preciso mais recorrer aos poderes auditivos de Anne para identificá--los. Junto a eles, gritos desesperados de dor. Algo bizarro vinha da direção do pátio da escola. A essa altura, a mais jovem sonhadora já estava à janela.

— Daqui não dá pra ver direito, gente. As árvores estão cobrindo a visão. Parece que há algo grande na direção da quadra. Tem um monte de alunos indo pra lá. Mas eles estão meio esquisitos, se arrastando, olha só. – Anne aponta para o pátio.

— Ok, é baixinho. Vamos pular? – Lucas levanta suas mangas e sobe na janela.

— Nada disso, nada disso. – Felipe pega o garoto como um bebê e o coloca no chão. Lucas se debate nos braços de seu amigo, mas como não é tão alto e forte, nada pode fazer até ser posto no chão.

— Vamos aos fatos, cara. Só eu sei como pular, cair e não me machucar. Sabrina está machucada, e Anne não é nem um pouco ágil com essa armadura. Qual o sentido de descermos de qualquer jeito e sermos presas fáceis pra sei lá o quê lá embaixo? Viu só como você é quem quer se arriscar em vão? Eu gosto de adrenalina, cara, mas não vou dar mole pro azar, sobretudo quando a gente não sabe o que vem pela frente.

— Boa, Felipe, mandou bem. – Sabrina dá um tapinha carinhoso no ombro de Felipe, deixando Lucas ainda mais vermelho de vergonha, pois pagou um mico na frente de Anne quando tentava se mostrar valente.

— E então, gente, vamos descer pela escada ao lado da biblioteca, ou seguir pelo corredor de volta às salas de aula e descer por lá? – Anne aproveita para remover o elmo, revelando sua face encharcada de suor.

— Talvez seja mais seguro seguirmos pela biblioteca, já que é aqui do lado. O que vocês acham?

— De acordo, Sabrina. – Lucas se levanta e volta à sua pose séria.

— Então, vamos nessa! – concluiu Felipe.

Os quatro seguem pelo corredor com cautela. Os estampidos fizeram o chão do colégio tremer por algumas vezes. Então, tomando a frente e pedindo silêncio ao gesticular, Anne advertiu-os, falando baixinho:

— Pessoal, ouço passos vindo de cima – ela fala de olhos fechados e com a mão sobre sua orelha esquerda, parecendo se concentrar ao som que só ela ouvia.

Os sonhadores entreolham-se. A esta altura, o corredor não tinha nenhum local que poderiam utilizar para se esconder. Sabrina busca alternativas, mas entrar em uma das portas das salas poderia levá-los a outra armadilha. Tomados pelo instinto de sobrevivência, eles se preparam para o possível combate.

— Sabrina, fique atrás de mim. Os pesadelos devem atacar o seu braço machucado. – Anne recolocou seu elmo e ergueu sua lança, já conhecendo o modus operandi covarde das crias daquele mundo bizarro.

— Lucas, tem algum brinquedo interessante para esse momento? – Felipe apontou para o livro que seu amigo carregava com carinho.

— Que tal uma espada? Tenho um romance de fantasia comigo, e há várias armas interessantes. – Lucas abre o livro, o folheia até uma determinada página e retira magicamente uma espada longa do interior da obra. Em seguida, ele passa a bela espada prateada, com um entalhe em forma de chamas no cabo, para Felipe.

— Uau, cara! Muito bom, hein!? – Felipe brinca um pouco com a espada, dando golpes no ar. Anne olhava seriamente para a escada, aguardando o pior.

TUM
TUM
TUM

Grunhidos, lamúrias, passos arrastados. Os segundos após os três estampidos que vinham do pátio são aterradores. O suor de Lucas fluía. Felipe aperta o cabo da espada com força. Anne inclina um pouco o corpo para a frente. Sabrina arregala seus olhos para perceber os mínimos detalhes. Os passos são mais intensos e se aproximam. Uma lufada de vento agita a copa das árvores do pátio

1 • Sonhadores - Sangue Pisado

e invade o corredor, vibrando as antigas janelas da escola. O breve silêncio que antecede o encontro dura uma eternidade.

Então eles descem.

Três jovens são vistos descendo as escadas. Seus olhos estão vazios e eles murmuram palavras indecifráveis. São duas meninas e um menino com uniformes rasgados, possivelmente por sua própria força, em um ato de descontrole por algo que vivenciam enquanto acordados. Ali, nos corredores da escola perversa, eles caminham sem gana, ocultando suas existências. Há uma vergonha invisível, apenas experimentada por eles, o que corrói, fazendo com que a pulsão da vida escorra a cada lento e pesado passo que dão. Espasmos ocasionalmente interrompem seus andares, criando sobressaltos instáveis na caminhada morosa. Seus corpos não cessam de tremer. Não há qualquer interação com o redor. Os três são desconexos, quebráveis. A imagem é torpe. Não há compaixão a quem vê, apenas repulsa. Ninguém quer se enxergar assim, ainda que todos o sejam em alguma medida. Eles são apenas estudantes do Colégio Estações. E ali, naquelas expressões frágeis e insanas, as suas mentes tomadas pelos medos da adolescência tornam-se vítimas dos pesadelos.

Felipe, Sabrina, Anne e Lucas estão atônitos. A espada que Felipe carrega vacila um pouco, demonstrando que o temor tocou o rapaz. Lucas desviou o seu olhar, encontrando a face aterrorizada de Sabrina. Veio de Anne, a mais jovem entre eles, a voz para acalmá-los.

— Gente, eles estão nos ignorando.

— É... é... isso mesmo. – Lucas tentou aumentar o coro. — Vamos aproveitar e segui-los. Parece que eles estão indo para o pátio.

— E se eles se voltarem contra nós? – Anne questiona.

— Retribuímos. Afinal, precisamos sobreviver. – Sabrina conclui friamente.

Os três alunos zumbificados seguem pelo caminho da biblioteca arrastando-se e, vez por outra, caindo um por cima do outro. A cena é burlesca. Eles se ajudam chutando-se, puxando o outro pelo cabelo, mordendo-se de forma estranhamente natural. E, naqueles momentos, quando se agridem, o andar é mais fluido, sem tremores ou espasmos. Pouco a pouco, eles se acostumam com o novo ritmo e aumentam a velocidade da caminhada com mais agressões recíprocas, o que causou um impasse entre os sonhadores.

— Sabrina, a gente vai ficar só assistindo isso? Eles estão se matando! - O nervosismo de Felipe se espalha.

— Talvez seja uma armadilha, Felipe. - Lucas sussurra.

— Acho que não. Esses três não estão aqui para nos atacar. Eles são as vítimas de alguma perturbação profunda. É duro dizer isso, mas nós temos de apenas segui-los. Se influenciarmos nesse momento, talvez eles acordem e nós jamais iremos entender o que está acontecendo. - Sabrina observa o seu braço esquerdo e nota que ele está melhorando, indicando que se sente mais tranquila e confiante no mundo dos pesadelos.

— Então temos apenas de seguir e testemunhar este espetáculo de violência sem fazer nada? - Lucas não acredita no que terá de fazer.

— Não vejo muita diferença entre isso que você disse e o que normalmente se dá na vida de qualquer um. - As palavras de Anne pesaram como nunca, fazendo o silêncio desconfortável retornar, apenas interrompido pelo som dos jovens se agredindo e pelo...

TUM
TUM
TUM

Os sonhadores seguiram o caminho trilhado pelas três vítimas. O corredor dobrava à esquerda, duas portas foram ultrapassadas e a escada de descida ao pátio já era vista, ao lado da entrada da biblioteca. O pavilhão é amplo, porém a brisa agradável de sempre foi trocada por um vento frio cortante, que já tinha encontrado os quatro amigos no andar acima. E o chão, durante toda a caminhada, ganhou toques vermelho-sangue, marcas das agressões dos três que andavam mais à frente.

A descida das escadas apresentou um colégio repulsivo àqueles que já estavam afetados pela violência entre os três estudantes. As paredes externas não pareciam pintadas, tinham uma textura es-

tranha, porosa, como um tecido orgânico. Havia partes mais fláci-
das, remendos de carne de diferentes colorações de escoriações. A
escola parecia uma colcha de retalhos de pele humana machucada.
As janelas, vistas do pátio, eram olhos vidrados que pareciam ver
tudo. E algumas portas eram como bocas que se abriam, convidan-
do-os a serem devorados pelas salas-armadilhas.

Fugindo desta visão chocante e focando nos jovens, que agora
já estavam com inúmeras escoriações pelo corpo, os quatro confir-
mam sua hipótese: eles dirigem-se para a fonte das pancadas secas
que marcavam o ritmo daquele pesadelo.

TUM
TUM
TUM

— O que é aquilo que está atrás das árvores? Parece uma grande
bacia, ou seria uma panela? - Lucas tenta compreender o que raios
é aquilo, enquanto se esgueira com seus amigos pelas árvores do
pátio.

— Não consigo enxergar nada, Lucas. Sabrina, consegue ver
algo? - Felipe pergunta enquanto devolve a espada para seu amigo,
que a devolve à mesma página do livro.

— Gente, é bizarro demais. Eu não consigo explicar. Vamos
chegar mais perto, aí vocês verão. - A voz de Sabrina parecia tremer enquanto seus olhos, agora vítreos como os da boneca que
fora, viam através das árvores.

— Tá tudo bem, Sabrina? - Anne apoia a amiga, que sentiu suas
pernas fraquejarem.

Os quatro se aproximam, permanecendo atrás das árvores. Se
fosse um dia comum no Colégio Estações, certamente algum inspetor os advertiria por andarem sobre o jardim. Mas sair da vista
dos pesadelos é a melhor alternativa, sem dúvidas. Ali, cobertos pela
folhagem, não tinham os olhos das janelas para se preocuparem.

Mas ninguém estava preparado para testemunhar o que viram,
o que sentiram, o que experimentaram.

Lições: **RUBRO E ROXO**

Um grande pilão ergueu-se enquanto duas mãos gigantes seguram um enorme socador metálico, que não cessava de gotejar sangue fresco. De diferentes pontos do pátio, os alunos, ou melhor, os zumbis e espectros dos alunos, se aproximam do pilão em uma procissão irracional e, com muito esforço, o escalam. Lá de cima, risadas insanas antecipam o mergulho da morte. Pouco tempo depois do salto, o socador desce firme, fazendo ecoar a dor por todo o colégio.

**TUM
TUM
TUM**

Mesmerizados, os sonhadores não conseguem desviar o olhar.
Atordoados, os sonhadores sofrem com seus colegas de escola.
Aterrorizados, os sonhadores acordam abruptamente.
Eles sabem que enquanto o que estiver ocorrendo não for resolvido, todas as noites serão iguais.

Capítulo 2: Sabrina

DORMIU BEM?

— Ah!

Dou um grito abafado, um sobressalto me toma. As mãos tentam agarrar algo, mas terminam abraçando meu próprio corpo. O calor é forte o suficiente para que eu sinta o lençol molhado com meu suor. Droga! Esqueci de novo de ligar o ar-condicionado! Acendo a luminária e vejo a cama totalmente revirada. Os travesseiros estão jogados no chão, é por isso que meu pescoço está tão dolorido.

Ok, estou viva. Não enlouqueci. Próximo passo: conferir meu braço. Levemente magoado e dormente. "Deve ter dormido sobre ele", é o que diriam. Mas eu lembro bem quando tropecei e caí. O coração bate forte. Sinto seu ecoar em cada parte deste quarto escuro. O pesadelo ainda se faz sentir. Preciso me livrar disso. O celular diz que são três e vinte e três da manhã. Persisto na cama, em posição fetal, por alguns minutos. Abro e fecho as mãos. Testo o controle de meu próprio corpo. Os olhos, abertos há algum tempo, se acostumam com o breu e percorrem os espaços do meu quarto. Sim, eu sei que estou só, e esse sentimento me oprime. O quarto é grande. Grande demais. Aliás, tudo aqui é grande demais. Não gosto dessa casa. E tudo parece maior por estender minha visão e analisar cada detalhe. Eu me reduzo ao lado da imensidão de vazios. Dessa casa enorme. Dessa cama enorme. Puxo um travesseiro e agarro forte. A solidão me abraça.

— Sabrina é responsável, nunca vi alguém assim. Até mesmo no natal ela trouxe material de estudos.

— E os namoradinhos?

— Ah, só depois de entrar na faculdade, né? Ela já se envolve com essas besteiras de grêmio.

— Já disse que não é besteira. Nossa filha já é uma liderança. Não tenho dúvidas de que esse tempo vai aumentar a eficiência dela quando for empreender.

— Então é como se estivesse estagiando lá na escola? E ela recebe por isso?

— Claro que não. Justamente por isso que é perda de tempo. Ela se descabela pelos outros, podendo fazer cursos, melhorar o currículo.

Todas as vezes que me lembro das reuniões de família é o mesmo. Tios e pais falando por mim, decidindo meu destino, criticando minhas escolhas. É como se eu fosse apenas um adereço bonito, uma boneca arrumadinha com vestido engomado. Algo – sequer alguém – puramente ornamental. Prefiro a noite solitária a essas companhias.

O que aconteceu no pesadelo que ainda me afeta? Contrastando com o que todos poderiam pensar, não agradeço por estar acordada, por tudo aquilo que vivenciamos naquele pátio da escola ser apenas um sonho. Eu queria ter a ingenuidade de quem considera os pesadelos alheios à realidade. Responsabilidade, Sabrina. Eu sou a mais velha, a "líder", então tenho de "assumir a responsabilidade". Até dá para ouvir meu pai falando isso.

Hora de levantar. Não vou conseguir pregar os olhos tão cedo. Dou uma olhada no celular. Não há nenhuma notificação ou algo relevante nas redes sociais. Vou tomar um copo d'água e ligar o ar condicionado. Depois vejo se vou dormir de novo.

A raiva me empurra da cama e levanto em um pulo. Meu braço já está quase *Ok*. Ele vai ficar meio bobo durante o dia, mas nada grave. Acho que minha cara está péssima. Ainda bem que ninguém me vê assim, descabelada e com roupas velhas. Recuso-me a usar os *baby dolls* que minha mãe me dá. Quero dormir confortável, e nada como uma blusinha e um *short* para isso.

O caminho até a cozinha é longo demais. Preciso seguir um corredor, descer uma escada e andar mais e mais. Essa casa é um absurdo! Tudo bem, até que eu gosto de algumas coisas, mas olha só para essa secadora de louças, para esses eletrodomésticos bizarros da cozinha. Tem um monte de coisas que estão aqui apenas de enfeite. E tudo é caro, novo, exclusivo. Um desperdício.

Não há água mais gostosa que a tomada em uma madrugada quente. Um pouquinho gelada e *bum*! Desce refrescando todo o corpo. Até mesmo melhora o ânimo. Uma pequena vitória? Até pode ser, mas chamo isso de estratégia. Se ficar com a mente focada no que aconteceu enquanto dormia vai demorar mais tempo até que me estabilize. Dois copos. Sim, eu mereço dois copos.

Aproveito para conferir o que há na geladeira. Não estou com fome, mas em breve vai ser o café da manhã, não é mesmo? Hum… gosto do iogurte com mel, que bom que ainda não acabou. É, está decidido. Iogurte e torradas com manteiga. Quando descer de novo, já sei o que vou comer.

A borda do copo longo e fino sempre foi meu brinquedo sonoro. Molho os dedos. Um giro, dois giros. Três giros, o som fino se pronuncia. O que tenho de fazer amanhã no colégio? Quatro giros, cinco giros. Preciso estudar para o vestibular. Seis giros, sete giros. Eu já conferi os projetos do clube de ciências? Paro de girar. Hora de voltar ao quarto.

No caminho, passo no banheiro do andar de baixo, um dos três banheiros dessa casa. Eu posso usar o banheiro do meu quarto, mas prefiro variar um pouco. A única coisa boa de viver nessa mansão é poder criar caminhos alternativos. Lembro que, quando era criança, me aventurava pelo grande reino que era aqui, com cada cômodo sendo um lugar diferente. É claro que meu quarto era o castelo. Princesa? Claro que não. Eu era a rainha guerreira. Pois é... meus pais não tinham papel nessa história. Afinal, eu tinha de ser a protagonista de alguma coisa na minha vida.

Encontro coragem para encarar meu rosto no espelho do banheiro. Antes de sair, preciso de uma base para esconder estas olheiras. E hidratar meu cabelo. E retocar a pintura. Acho que está na hora de marcar o dentista. Faz tempo que não faço uma boa limpeza. Mando a mensagem para o consultório agora mesmo, já que trouxe meu celular. Lavo o rosto demoradamente. Volto ao quarto. Tarefas, mais tarefas.

Acendo a luz, fecho a porta, ligo o ar-condicionado. Estou desperta demais. Não adianta. Não vou conseguir dormir. São vinte para as quatro da manhã. Vou aproveitar para estudar um pouco de química, resolvendo uns exercícios e vendo um ou dois vídeos explicativos. Aposto que o Felipe ia tirar de letra isso aqui. Mesmo sendo matéria de uma série acima da dele, tenho certeza de que ele já domina esse conteúdo. Felipe nunca me enganou. Debaixo daqueles *dreads* descolados e daquela marra, há um *nerd* que ama biologia, química e física.

Uma hora de estudo, excelente. Ainda há tempo. Agora vamos ver o que temos para fazer no clube de ciências. *Ok*, há alguns projetos interessantes como esse sobre a arborização do bairro. Vou passar tudo isso para o jornal e acho uma boa preparar cartazes para colar nas lojas. Não sou muito boa com isso, mas o Lucas vai saber coordenar a parte do jornal e pode encaminhar ao clube de artes a criação dos cartazes e imagens de divulgação nas redes sociais do grêmio.

Parece que há algumas coisas para resolver dentro grêmio também. Adianto tudo por aqui mesmo e encaminho mensagens aos responsáveis. Precisamos organizar os torneios esportivos o quanto antes, e eu não quero ser cobrada por promessas feitas pela chapa no período das eleições. O ano já começou e é hora de trabalhar.

Cinco e vinte. Ainda tenho tempo de cuidar um pouco dos meus cabelos antes de ir para a escola. Será que eu comprei a máscara capilar?

Levanto da escrivaninha e vou ao banheiro. O uniforme já está separado e a pasta, arrumada com os livros do dia. A Anne não cansa de me chamar de certinha ou paranoica por deixar tudo tão organizado e planejado. Mas simplesmente não consigo deixar as coisas para a última hora. Improviso? Eu não me dou nem um pouco bem com isso. Nesse campo, a minha caloura é bem melhor que eu.

Sorte! Abro o armário e encontro não apenas a máscara de hidratação como a base para me maquiar. Xô, olheiras! Agora é só dar um pulo no banho e partir para o colégio!

Uma das coisas de que mais gosto no banho é a sensação de o tempo parar. Enquanto esfrego meus cabelos, enxáguo o corpo e me seco, estou totalmente alheia ao mundo. Sim, são poucos minutos por dia em que tenho essa sensação, mas é absolutamente reconfortante.

Seis e dez. Já estou arrumada. Tomo o café rapidamente. Escovo os dentes no andar de baixo, como de costume. Ouço alguma notícia no telejornal matinal enquanto isso. Meus pais já estão acordados. Dou aquele bom-dia ensaiado. Antes de seis e meia, já estou fora de casa.

— Sabrina! Você não está esquecendo nada? ‒ Meu pai sempre pergunta, só para me irritar.

— Você sabe que não, pai. ‒ Minha resposta é sempre a mesma, ainda que quisesse dizer algo como "me deixa errar uma vez, pelo menos!". Mas não consigo ser enérgica como sou na escola. Aqui minha voz chega a ser mais tímida que a da Anne.

O caminho para o colégio é bem curto, menos de duas quadras até lá. Não preciso tomar condução ou fazer grandes caminhadas. E gosto muito disso, sobretudo em dias de verão como esses. Chegaria completamente suada ao colégio. O que vejo no caminho? Nada de mais, as mesmas pessoas de sempre. Aproveito para revisar mentalmente os conteúdos das aulas do dia. Sei que hoje é dia de espanhol, física e matemática. Será que há alguma dúvida anotada? Confiro rapidamente o bloco de notas de meu celular e não encontro nada marcado. Disseram que o terceiro ano seria difícil, mas até agora estou tirando de letra.

— Ei, Sabrina! Bom dia!

Que susto! Que energia a essa hora da manhã. Vanessa, uma adolescente um pouco mais jovem, acenava do outro lado da rua. Sua voz está meio abafada, já que ela mastiga um pedaço de sanduíche de pão francês que carrega com sua mão direita. Ela precisa ser chamada de Nessa, ou Nêêêssa, como costuma dizer. Sua energia brota pelos poros. Como alguém pode estar tão animada antes das sete da manhã?

— Olá, Nessa, tudo bom? – Aceno com um sorriso sincero.

— Tudo sim! Você viu o episódio da semana da Liga Lendária? – Ela dá a última mordida no sanduíche e sacode os farelos que caíram no uniforme do seu colégio.

— É... Não... Eu não assisto a essa série...

— Como assim! Todo mundo assiste. É mó legal! Dá uma pesquisada! E nossa, seu cabelo está lindo! Ainda vou pintar meu cabelo de vermelhão assim como o seu, mas eu só tenho coragem de fazer mechinhas. — Atabalhoadamente, ela se esquece que segurava o pão e o leva até os seus cabelos loiros com mechas rosas.

— Tá bom, vou ver sim. Pode deixar. Deixa eu tirar os farelos do seu cabelo. Acho que eles não estão com fome.

Despedimo-nos depois de uma boa risada. Nessa está sempre cheia de vida, dando pulinhos de alegria. Topar com ela e com seus amigos do Colégio Tamarindo sempre me coloca um pouco mais para cima. Gosto desse contato refrescante, por assim dizer. Mas tenho certeza de que não vou ver a tal Liga Lendária. Possivelmente, é uma daquelas séries de heróis bobos. Eu não tenho tempo pra isso. Eu já tenho muita coisa para me preocupar.

Sigo meu caminho. Já consigo enxergar outros com o uniforme do Estações. Parecem formigas, vindo de todos os cantos. Chega a ser peculiar a rotina do início da manhã. A gente passa anos acordando cedo e indo para a escola. Uma parte de mim já sente o vazio de não fazer mais isso a partir do início do ano que vem; outra lembra como comecei a frequentar o colégio; e a terceira se recorda de como comecei a frequentar o colégio paralelo nos meus pesadelos.

Dobro a esquina e estou prestes a encarar a fachada do colégio. De cara, um susto. O coração acelera um pouco, mas não há nada de incomum por ali. Tive um vislumbre daquela textura horrível das paredes de pele do pesadelo. Apenas memórias, resíduos de experiências ruins. Só tenho de atravessar a rua e…

— Aê, galera! Tô chegando! Melhor sair do caminho que hoje eu bato meu recorde!

Felipe aposta corrida com amigos. Uma gritaria os acompanha. Vez por outra, eles trombam com alguém, jogando tudo para o ar. Alguns alunos se divertem, outros ficam furiosos com a turma de Felipe, conhecida por tocar o terror no colégio. Os pedestres não entendem a algazarra quase na porta da escola. Tudo isso soa como um alarme para mim. Afinal, é esperado que a presidente do grêmio tenha alguma atitude sobre o que está acontecendo.

— Felipe! Olha o que você está fazendo!

— Eita, me lasquei. - Felipe reduz a velocidade e interrompe a corrida, fazendo um sinal que cessa a corrida dos demais. Eu percebo uma fagulha brotando assim que ele para de correr. Espertinho que só, ele usava seus poderes aqui para vencer as apostas.

— Quantas vezes eu já te falei para não criar confusão, ainda mais com o uniforme do colégio? — Aponto para os símbolos das estações que formavam o brasão do colégio estampados no bolso da camisa. — E nem adianta dizer que se esqueceu. Toda semana é a mesma coisa! Assim eu vou ter de encaminhar não apenas você, mas todo o seu grupinho para o SOE!

O Serviço de Orientação Educacional, ou apenas SOE, é um local no mínimo controverso. Os pais o consideram essencial para os filhos no terceiro ano, já que há uma orientação vocacional, e estamos prestes a sair da escola. Para os alunos, ser encaminhado para lá significa uma bronca extra, tarefas a mais, uma puxada de orelhas e uma reunião entre os pais e a dona Sônia que certamente vai gerar uma grande bronca. Sônia é a psicopedagoga responsável pela salinha do SOE, que é praticamente imperceptível na rotina da escola. Mas eu, como sou responsável por tanta coisa, já passei

Lições: **RUBRO E ROXO**

por lá algumas vezes, para encaminhar alunos, pedir auxílio nos projetos etc. Na verdade, nós quatro – Anne, Felipe, Lucas e eu – conhecemos muito bem o SOE. E sim, eu o uso para chamar a atenção de quem sai da linha.

— Tá bom, tá bom. Não precisa ameaçar, né? Por favorzinho, essa passa? – Felipe junta suas mãos e suplica em tom jocoso.

— Só dessa vez, só dessa vez. Vamos entrar logo que o sinal já vai bater. – Puxo Felipe pelo braço e atravessamos a entrada do Colégio Estações.

Entrelacei o braço de Felipe ao meu, que já não doía. Não era raro me ver andando de braço dado com alguma amiga ou amigo. Se já insinuaram que eu estava com alguém? Não é interesse de ninguém o que eu faço de minha vida. E é claro que eu respondo na cara de quem pergunta. Não sou de ficar alimentando fofocas, ou de levar desaforo para casa. Tudo bem, até tive uma queda pelo Alex, veterano que me apresentou ao mundo dos pesadelos, mas era aquele tipo de paixonite infantil. Já superei.

Aproveito a proximidade de Felipe para puxar uma conversa, falando baixinho e disfarçando o tom do assunto enquanto andávamos.

— E aí, como foi pra você? Dormiu bem?

— Ih, Sabrina, foi tenso, né? Acordei num susto que só. Tava exausto. Tomei um banho frio na madruga e preguei os olhos outra vez. Dormi direto até o despertador tocar. – Felipe dá um sorriso para mim, demonstrando que estava melhor. — E você?

— Ah… A mesma coisa. Também dormi de novo, não sonhei com nada e estou revigorada. – Fraca, eu? De jeito nenhum! E vou manter a pose, mesmo tendo dormido pouco e mal. Não vou falar que não consegui dormir. Se ele conseguiu, eu também teria conseguido se quisesse. Só não quis, pelo menos é o que eu me forço a acreditar.

Atravessamos o vistoso portão do colégio. *Ok*, nem é tão vistoso assim. É meio acabado. Suas barras de ferro preto têm um ou outro ornamento, uma ou outra voltinha, mas estão cheias de teia de aranha. É um estilo que faz muito mais sentido lá nos tempos em que ele foi inaugurado. O Lucas vive falando sobre a arquitetura de época, como é vistosa e outras coisas que exaltam velharias. Aposto que ninguém liga para isso hoje.

Mas, do seu jeito, o Estações tem seu charme. Essas paredes externas com tijolinhos vermelhos são superlegais, e ver logo de cara o bloco A imponente, escondendo o pátio e as outras dependências do colégio, é um tanto mágico.

Há um espaço entre o portão e a real fachada da escola, o prédio que dá acesso aos outros pavilhões. É esquisito, pois muita gente fica por ali e não espera no pátio antes de subir para as aulas. As fofocas são trocadas, os olhares para os casaizinhos que se formam, penteados e perfumes novos são descobertos. Os alunos do primeiro ano, mais inseguros, não costumam ficar por ali. Eles entram rápido e não querem ficar à vista dos veteranos, que ficam bem relaxados enquanto esperam os novatos passarem a passos apressados. Enfim, as novidades e primeiros olhares são sempre reservados àquele território que os veteranos dominam.

Eu me afasto um pouco de Felipe e dou uma boa olhada ao redor.

— A gente precisa saber o que está acontecendo aqui deste lado.

— Sim, sim. Hoje mesmo já vou ficar ligado em algumas coisas.

— Alguma pista, Felipe?

— N-I.

— N-I? O que é isso?

— Nem ideia, Sabrina. Você é meio lenta para as novas gírias.

— Eu nunca ouvi isso, Felipe!

— Claro que não, ruiva. Sabe por quê? Porque eu acabei de inventar. - Felipe dá uma piscadela e aquele sorriso que tira o sono dos inspetores do colégio.

O jeito de Felipe é inconfundível. O cara mais descolado do Estações é sempre brincalhão e, apesar de puxar sua orelha, o seu jeito de ser também me coloca para cima. Sempre rola uma energia positiva quando converso com ele, ainda que saiba que muito do que Felipe transparece é apenas uma proteção para seus problemas. Digamos que nós dividimos o fato de termos relações um tanto complicadas com nossas famílias, só que a dele lida com ele como um fardo, enquanto a minha me considera uma pedra preciosa a ser esculpida. De igual, não somos vistos como pessoas, como indivíduos.

Sempre que as coisas ficam mais pesadas, nós nos apoiamos. Apesar de ele ser um ano mais novo e estar no segundo ano, confio em sua maturidade e na amizade que construímos. Felipe é um ombro amigo para mim, meu calouro favorito.

— Agora falando sério, Sabrina. Acho bom que nós quatro fiquemos atentos. É certo que os pesadelos aparecerão por aqui. E se algo estranho acontecer, é só mandar uma mensagem, *ok*?

— Digo o mesmo, Felipe. Mas não guarde as coisas só para você, *ok*? Não adianta bancar o herói e tentar resolver tudo sozinho. Você sabe que é isso que eles querem. – Aproveito para dar uma espetadinha no ego do Felipe, mas ele sabe que é para seu bem.

Então nos separamos e entramos no pavilhão principal, o bloco A do colégio. Os murais informam o de sempre. Calendário para provas, feiras culturais, uma ou outra informação adicional. Hoje em dia, pouca gente lê esses murais. A galera fica mais atenta aos informes que são disparados pelas redes sociais do colégio.

Ainda no bloco A, antes de chegar ao pátio, dá pra ver a escultura com os quatro símbolos sobre o brasão. Um trevo de quatro folhas representando a primavera, um sol brilhante representando o verão, folhas secas representando o outono e um floco de neve representando o inverno. O monumento é bem bonito e foi a primeira imagem que gravei na memória ao entrar no Estações. Lá atrás, fiquei fascinada ao ver a opulência dessa escultura logo na entrada do colégio. Curiosa que só, li a plaquinha de metal explicando que uma artista famosa, formada na escola, fez a escultura em agradecimento ao tempo que estudou por ali. Uma história bonita, que me capturou quando ouvi pela primeira vez. Hoje sou eu que quero deixar a minha marca no colégio. Quero ser lembrada futuramente na escola.

Foi por isso que decidi entrar no grêmio. Bem, eu nem sabia direito o que o grêmio fazia quando cheguei aqui. Mas, em pouco, tempo já estava antenada a todas as discussões, a todos os debates sobre o grêmio. E junto a isso, ainda no primeiro ano, assumi a liderança do clube de ciências, o que deixou meus pais orgulhosos. Não pensei duas vezes e comecei a me envolver com o grêmio. Criei a chapa vitoriosa das eleições anuais com ajuda do Alex. Sim, uma jovem do primeiro ano venceu as eleições do grêmio estudantil do Colégio Estações. E fizemos um ótimo trabalho naquele ano. Lembrar um pouco dos primeiros momentos aqui gera sentimentos conflituosos a cada dia. Mas não vou me entregar à nostalgia. O ano mal está começando, como fica bem marcado na estátua, que possui uma pequena indicação para o símbolo do verão, a estação em que estamos. Ainda que esteja acabando o verão, ainda significa que falta muito até a minha formatura, quando finalmente me despedirei da escola.

Atravesso o bloco A e chego ao pátio. Amplo e arborizado, parece sorrir para quem chega por aqui. Ele não se parece nem um pouco com o sombrio pátio dos pesadelos, ainda que as teias de aranhas e os insetos que cismam em cair sobre a gente me provoquem arrepios. Daqui de baixo, não dá pra ver direito os quatro prédios que o rodeiam em virtude das altas árvores. Contudo, num ou noutro ponto, dá pra ver as janelas das salas e dos laboratórios. Nós quatro já mapeamos esses locais. Afinal, o que está desse lado pode ser útil do outro lado, ou seja, no mundo dos pesadelos.

Aqui no pátio, os casais sentam juntos, amigos ficam em rodinhas e vez por outra há um violão embalando as canções do momento. Até mesmo batalhas de *rap* rolam por aqui. Alguns professores mais doidões usam o pátio para dar aula, e não apenas os de educação física, que também usam a quadra e a piscina da escola. No início, eu achei tudo isso muito esquisito, mas, depois de três anos, a gente se acostuma, e, sinceramente, acho bem legal. Mas tem gente aqui mesmo no colégio que acha isso superestranho, diferente demais de uma aula comum. Quem? Claro que os quadrados dos meus pais.

Para eles, o colégio deve "ensinar a matéria para passar nos concursos". Tá bom, eu sei que tenho as provas do final do ano, mas não dá para ser só assim na vida, né? Ainda que não veja qualquer problema em ficar em sala de aula, fazer exercícios e ter disciplina, não acho que umas aulas no pátio vão afetar o ensino.

Atravesso o pátio. Chego ao térreo do prédio do segundo e terceiro anos. Encho minha garrafinha no bebedouro e subo as escadas. Um, dois, três lances. O térreo só tem um vão de passagem. O primeiro andar dá acesso à biblioteca e a algumas salas da administração do prédio. O segundo é destinado ao segundo ano, com as salas onde Lucas e Felipe estudam. Já o terceiro andar é para nós, os alunos do temido terceirão.

Dá para notar que a estrutura está meio velha, rachaduras e tinta descascando das paredes. Há algumas infiltrações também. O passado glorioso do Colégio Estações parece não se sustentar bem. Meus pais mesmo, que se conheceram aqui, repetem maravilhas sobre a escola. Penso que muito do que me dizem é apenas memória afetiva de seus tempos de juventude. Quando encaro a realidade, vejo que o colégio é até legal, mas não é tudo isso. Pode até ser o melhor colégio do bairro, mas o orgulho de estudar aqui é mais uma espécie de clubismo que outra coisa. Tá bom, eu mesma fico alucinada quando há jogos estudantis ou feiras de ciências, ou seja, quando competimos com outros colégios. É Estações na veia!

Mas, para falar a verdade, só competimos de verdade com escolas de outros bairros. O Colégio Tamarindo, nosso vizinho, não dá nem para a saída. Veja só, no início do ano, houve um amistoso de basquete na nossa quadra e o Estações venceu o Tamarindo por 113 a 45, com 62 pontos do Felipe, que ficou se chamando de "o cara" por duas semanas.

Enfim estou na porta da minha sala. Ufa, pensei que chegaria depois da professora. Odeio quando isso acontece. Eu tenho de chegar sempre antes. É uma das minhas mil regras pessoais.

Opa, mas quem é aquele ali na sala ao lado? É o Flávio, né?

— Ei! Flávio? É você? Queria falar contigo rapidinho, antes de começarem as aulas.

— Oi, Sabrina, e aí? – O rapaz se vira e seus cabelos cacheados acompanham o movimento. Flávio não é tão alto e charmoso quanto o Felipe, mas já dobrou a esquina de ser um garoto, parecendo mais maduro que muita gente da nossa idade.

2 • *Sabrina* • *Dormiu bem?*

— Tem como dar um pulinho aqui? É bem rápido – falo enquanto entro rapidamente na sala e deixo a pasta na primeira carteira. No momento em que a pasta toca a carteira, a imagem das cadeiras do pesadelo vem em minha mente. Eu me controlo pra não gritar. Então saio da sala como se nada tivesse acontecido, ignorando os dois chamados de colegas de classe, que certamente querem as minhas respostas das tarefas passadas para as aulas do dia.

— Diga, Sabrina. – Flávio estava na porta da minha sala me esperando.

— Olha, tem um monte de coisa para agilizar no grêmio, cara. Vi que você não está cumprindo o que a gente combinou. Quando você entrou na chapa ano passado, estava cheio de gás. Eu te agradeço por tudo que fez, sem você na campanha, a gente não teria vencido, isso é um fato. Mas eu conferi as tarefas de todo mundo desde o início do ano letivo e você não fez nada. Assim fica difícil – tentei falar de uma forma menos ríspida, mas não consigo quando se trata de responsabilidades.

— Ah é... Foi mal. – Flávio desvia o olhar, parecendo querer terminar a conversa logo para voltar à sua sala.

— Flávio, você viu a mensagem que mandei mais cedo? – Tentei chamar sua atenção.

— Vi não, desculpa. – Ele me encara com um olhar perdido.

— Você pode olhar agora, né? – Já estou perdendo a paciência.

— Tá bom, tá bom. – Flávio puxa o celular do bolso e o futuca um pouco, buscando por minhas mensagens. — Ah, as aulas de reforço em matemática e física? É verdade, eu tinha falado que ia divulgar esse projeto.

— E então? Vai rolar ou não?

— Vai sim, Sabrina. Pode deixar, eu vou dar as aulas pra quem tem dificuldade, como tinha me comprometido. Vou voltar pra sala agora. A aula já vai começar. A gente se fala, tá bom?

Flávio se vira e caminha pelo corredor, sem dar tempo para eu reagir. Ele nunca agiu de uma forma tão seca comigo. Mas algo estranho me chamou a atenção.

Vasculho com minhas habilidades especiais o rapaz se afastando e noto que, próximo ao seu cotovelo esquerdo, há uma série de escoriações e hematomas. Os ferimentos estão cobertos por curativos, mas os roxos ainda são bem visíveis. Coisa feia de se ver.

— Ei, cara, você se machucou? Foi algo sério? - Tento pegar mais leve. Talvez ele tenha apenas reagido à minha cobrança. E vamos combinar, tomar uma bronca às sete da manhã não é exatamente um cumprimento de bom dia.

— Não é nada não. Já vai melhorar. - E ele entra em sua sala sem falar mais nada.

Os professores chegam. As aulas começam.

Mas eu não consigo me concentrar no que dizem.

Algo me diz que o Flávio está escondendo alguma coisa.

Capítulo 3 : Lucas

HISTÓRIAS PARA CONTAR

— Conceição Evaristo, professora!

— Muito bem, Lucas. Você pode falar um pouco mais sobre ela?

— Pode deixar. Inclusive estou lendo um livro dela agora! — Ignoro os burburinhos na sala.

Acho que sou o único que realmente pesquisou as autoras da literatura brasileira dos últimos anos. Tudo bem, ainda estamos no início do ano letivo e poucos se dedicam a fazer as tarefas para casa, sobretudo quando "não valem ponto". Mas não posso perder a oportunidade de dividir com a turma um pouco sobre uma autora de quem sempre ouvia falar nos canais de literatura que sigo e que finalmente comecei a ler.

— Alguém cala a boca dele! Aposto que vai ficar falando a aula toda! – Um misto de advertência e sarcasmo invade a sala. Todas as vezes que alguém demonstra um pouco de conhecimento, isso se repete. Não olho para trás. Suspeito quem foi, mas não me abalo. Não preciso levantar da carteira ou mesmo levantar a voz. Basta falar, basta usar o que faço melhor, usar as palavras com maestria. Termino a exposição sobre Conceição Evaristo e fico em meu lugar. Agora, apenas agora, confiro o impacto de minha fala. Dou um pequeno sorriso.

— Parabéns, Lucas! Uma excelente pesquisa! Quer dizer que você está lendo a autora também?

— Sim, sim. Semana passada, terminei de ler Becos de Memória. Leio agora alguns de seus poemas e, ainda neste semestre, devo ler Ponciá Vicêncio. Gostei demais das relações entre memória, realidade e ficção, bem como dos recursos de sua prosa – falei, com muito orgulho. De alguma forma, eu me identifiquei com a autora.

Costumo ler três ou quatro livros ao mesmo tempo. Hábito estranho, meus padrastos dizem. Mas será mesmo? Quantos seriados os meus colegas de turma assistem ao mesmo tempo? Quantos jogos de videogame alternam? Eu penso em cada uma destas obras como narrativas em formatos diferentes, e não vejo qualquer prejuízo em seguir várias. É por isso que sempre tenho algum livro em minha mochila, em meu leitor digital, no meu celular. Confesso que não tenho tanto interesse em música, teatro ou cinema, ainda que me sinta atraído por tudo isso. Mas há algo nos livros que realmente me sequestra.

Ocorre que eles também são meus escudos.

São oito e meia e a primeira aula já está acabando. A professora de literatura sai da sala e confiro o celular. Há algumas notificações de mensagens não lidas no grupo dos sonhadores, a maioria de Sabrina e Felipe.

— Gente, vocês estão bem? Não incomodei ninguém na madrugada porque achei que todo mundo estava tentando dormir. Como não encontrei todo mundo, decidi mandar essa mensagem.

Conversei com o Felipe na entrada do colégio. A gente precisa investigar logo o que está acontecendo. Respondam quando puderem. – Sabrina sempre se expressa com certo tom de mando, de controle da situação. Pelo menos ela parecia bem, se bem que ela e Felipe sempre escondem algo.

— E aí, galera? Como a chefinha disse, temos de fazer alguma coisa, né? Todo mundo viu o tamanho da encrenca que rolou no pesadelo. – Também é fácil identificar a fala de Felipe, mesmo que em mensagens de texto.

— *Ok*, Sabrina. Que tal a gente conversar pessoalmente no intervalo?

— Mas você tá bem, Anne? – Sabrina demonstra preocupação.

— Tô sim, só acordei assustada. Mas agora tá tudo bem. :) – Anne, por sua vez, adora usar *emoticons*.

— *Ok*, pessoal. A gente se vê no intervalo, *ok*? – Respondi e aproveitei o breve intervalo de troca de professores para ler mais algumas páginas do livro de fantasia, aquele da espada prateada. Talvez o termine ainda hoje.

Eu já sabia que ao menos uma pessoa estava bem. Um pedaço de mim se culpa por dedicar mais atenção a ela que aos demais. Contudo, é muito difícil deixar de pensar nela. Logo depois de acordar do pesadelo, eu havia ligado para Anne.

— Oi Anne, como você está? – Apenas depois de ligar que pensei que poderia agravar o choque psicológico. Mas o que estava feito, feito estava.

— Deitada, seu bobo! – Que bom, pensei comigo.

— Sério. Você está bem mesmo? Saímos de lá com um baita susto.

— Fica tranquilo, Lucas. Eu não preciso me fazer de durona igual à Sabrina. ;) – *Ok*, ela me convenceu. Anne não mentia para mim. Ou talvez era muito boa nisso. — Vou tentar dormir de novo aqui, *ok*? E é melhor que você faça o mesmo. Tudo bem?

— Tudo bem. Durma bem, Lucas!

— Até amanhã!

Antes de pregar os olhos, li dois poemas de Conceição Evaristo. Consegui dormir bem, surpreendentemente. No princípio, eu ficava bastante abalado com as viagens ao bizarro mundo dos pesadelos, sobretudo quando ainda vivia nas ruas com meus pais. Mas, com o tempo, fui me acostumando, até finalmente deixar de ser uma mera vítima de meus medos. E preciso agradecer aos meus padrastos por terem cuidado de mim nos piores dias da minha vida.

Quando acordei com o despertador tocando, cheguei a desacreditar no que aconteceu na madrugada. Então tomei o meu celular e conferi as mensagens trocadas com Anne. Infelizmente, tudo realmente havia acontecido. Eu me arrumei para o colégio e falei rapidamente com minha madrasta antes de sair de casa.

— Eu não disse que seu cabelo ficaria melhor com o condicionador que comprei para você? – Ela gostava de me mimar, mas nunca havia me preocupado com meus cabelos. Aliás, é algo que gosto muito em mim. Chegam a invejar a beleza e como ele é sedoso, mas é claro que, quando criança, pegavam no meu pé me chamando de cabelo de cuia, indiozinho fofo e tantas pseudocarícias que me machucavam demais.

— Ah, sim. Realmente ele é muito bom. Não o deixa oleoso como o outro – respondi enquanto tomava o achocolatado. Menti. Não havia notado diferença alguma. Meu cabelo se dá bem com quase qualquer produto.

— Olha só, Lucas. Eu sei que você gosta, mas essas pulseiras já estão meio acabadas. – Ela tocou em um ponto fraco. Perdi o controle.

— Outra vez insistindo nesse assunto? Você sabe o quão importantes são essas pulseiras e esse colar. São minhas únicas lembranças de meus pais, da minha família!

— Mas nós também somos sua família, Lucas.

— E eu disse que não são?

— Você precisa virar a página. Parece gostar de remoer o passado. Aí fica sempre recluso, sempre no seu quarto. Quase não fala com ninguém…

— Não é bem assim. Você sabe que tenho amigos. E eu sou quieto mesmo, não adianta forçar ser quem não sou.

— Isso de ter amigos é coisa recente. Você começou a andar com esse grupinho há pouco tempo. Aliás, e aquela menina? É a sua namoradinha?

3 • *Lucas* • *Histórias para contar*

— *Ok*, agora você passou dos limites. Estou indo.

Sim, naquela hora estava bem nervoso, mas orgulhoso também. A Lúcia, minha madrasta, considerava a Anne minha namorada. A gente está... enrolado, digamos assim. Mas tinha um assunto ainda que não podia deixar em aberto.

— E só mais uma coisa. A gente precisa, sim, lembrar do passado. Das coisas ruins e boas. Daquilo que nos forma enquanto pessoas. Isso que eu carrego me faz lembrar de onde vim, quem me criou, o quanto eu sofri nas ruas. Eu sou muito grato a tudo que vocês fizeram. Mas não adianta forçar nada. Vocês precisam me aceitar, e eu não vou abrir mão de nada que me faça sentir como verdadeiramente sou. Por isso, nem pense em apagar minha ancestralidade.

Aquela manhã foi mais pesada que de costume. A lembrança do pesadelo, a voz terna de Anne na mente, a discussão com minha madrasta, fantasia, poesia, ancestralidade. Tudo se misturava enquanto terminava de me vestir depois do café. Lúcia falava algo, mas eu não queria ouvir. Fiz das memórias das poesias uma barreira, para não ser atingido por mais farpas.

Saí com os olhos marejados de casa. O coração batia forte. Na saída, ouvi um pequeno suspiro na sala. Eu sei que ela chorava também. Há lágrimas que precisam ser derramadas. Deve ser isso que chamam de estar amadurecendo...

Segunda aula, biologia. Confesso que não compreendo muito do que o professor fala. Até sei que é uma disciplina importante, mas quase nada é interessante para mim. É muito fácil me distrair em meio às explicações e atividades propostas. E olha que ele é bem esforçado. Suas aulas são até dinâmicas, e ele tem um bom humor cativante. Mas eu não sou nem um pouco bom nessa matéria.

Por duas ou três vezes, eu me pego brincando com minhas pulseiras. Contas de madeira, grafismos de meu povo. Tudo feito com muito carinho. Um dia ainda hei de reunir forças para buscar minhas raízes. Mas ser deixado por meus pais ainda me machuca muito. Parte de mim sabe que eles queriam o meu bem, que eu sobrevivesse. Mas ainda assim foi um abandono. E ainda que fosse pequeno, lembro bem de quando dormi sob uma marquise e acordei em meu quarto atual. Meus padrastos já haviam feito contato com meus pais. Tudo estava acertado. Só eu não sabia.

— Professor! Vou ao banheiro.

— Tudo bem, Lucas. Não precisa pedir, vocês são livres para sair, *ok*? – Gosto desta filosofia aqui do colégio. Somos "soltos", por assim dizer.

Dou a volta pelos blocos de concreto, circundo o Estações sem pressa. O meu objetivo é matar o tempo com essa caminhada. Mas o meu percurso não é em vão. Tenho um destino certo, o bloco do primeiro ano. Não posso perder a oportunidade de dar uma olhadinha pela janela da sala de Anne.

Uma, duas, três salas. O corredor é longo e limpo. Abaixo para amarrar os cadarços de meus sapatos. Sim, sapatos. Não gosto de tênis. Ou estou com um bom calçado ou descalço, sentindo o chão sob meus pés.

Droga. Lembrei dos corredores bizarros dos pesadelos numa visão bizarra.

Finalmente passo em frente à sala de Anne. Dou uma olhadela. Ela se vira para a janela na hora. Jogo-me no chão para me abaixar, escorrego e em segundos estou como uma jaca madura que acabou de cair. Olho ao redor. Corredor vazio. Ninguém viu, então não aconteceu. Narrativa.

Opto por ir ao banheiro do primeiro pavimento, no bloco C, retornando por quase todo o caminho até ali. Desço as escadas do bloco A só para demorar mais um pouco. Eu poderia atravessar os blocos por cima, mas é sempre bom observar o pátio. Pelo menos este pátio aqui, não aquele do mundo dos pesadelos.

Parece que vai chover, há várias nuvens carregadas no céu. Verão é sempre assim. Fim de tarde, muitos raios e uma chuvarada que só. Gosto de ler ao som da chuva caindo. É um tipo de som que me agrada. Não sei exatamente o porquê.

O refeitório já tem aquele cheiro típico de comida sendo feita. Tão bom... Lembro como se fosse hoje quando cheguei ao Estações. Antes mesmo de ter amigos de classe, já tinha feito amizade com todas as merendeiras. Se tem uma coisa que gosto é de ouvir as suas histórias incríveis.

Lembro de Conceição Evaristo.

Lembro de minha mãe.

O banheiro masculino se apresenta com o seu típico fedor. Argh, é meio nojento por aqui. Ando com muito cuidado para não sujar meus sapatos. Será que o banheiro das meninas é assim também? Vou perguntar à Anne... Não! Que loucura. Eu nunca faria isso!

— E aí, cabeça de cuia?

Alguém me provoca enquanto volto para a sala. Não respondo.

— Tá surdo? Falei contigo, ô certinho.

Viro um pouco o meu tronco e, de soslaio, noto que não há qualquer influência de pesadelos naquele valentão, algo que para nós, sonhadores, seria evidente. Sigo para a sala. Os passos se intensificam atrás de mim. Ele se aproxima e bloqueia o meu caminho.

— Vem cá, garoto. Não me ouviu não? Você tá no segundo ano, mas ainda é meu calouro. – Um rapaz de quase um metro e oitenta, com músculos hipertrofiados e postura agressiva, está a menos de vinte centímetros de mim.

Olho para cima. Coloco a mão no bolso.

— Com licença, vou atender o meu celular. – Um blefe.

Rapidamente, abro o leitor de livros digitais. Lembro que li recentemente o poema *Da calma e do silêncio*, de Conceição Evaristo. Focalizo um trecho.

"Quando eu morder
a palavra,
por favor,
não me apressem,
quero mascar,
rasgar entre os dentes,
a pele, os ossos, o tutano
do verbo,
para assim versejar
o âmago das coisas."

Ponho a mão no dispositivo, retiro afetos de lá e os levo à minha boca. O rapaz nada entende. Transformo poesia em coragem e força e digo:

— Saia da minha frente, você não sabe do que sou capaz. – Minha voz extrai o âmago das coisas, a crueza do poema. Eu não mudo aos olhos de quem não me ouve, mas aquele rapaz me viu maior e mais forte, enredado pelas palavras que me concedem força. Este é meu poder.

— Qual foi, meu irmão? Tá incorporado com o quê? – Ele se afasta assustado, como quem viu um espírito flamejante. E talvez tenha sido exatamente isso que ele viu.

Não digo nada além disso. As palavras abrem caminhos, são rios prontos para (nos) atravessar. E antes que ele possa racionalizar sobre o que aconteceu, já estou de volta à sala, sereno. Por mim, já teria passado mais de duas horas só naquela ida ao banheiro. Tantos pensamentos, tantos eventos. Mas, quando volto, constato que pouco tempo tinha passado.

A aula se arrasta. Eu escorro pela cadeira. A cada segundo, vejo o horizonte finito, a lousa riscada, mais baixa. Minha coluna é um "S". Vou sumir na carteira da escola. Onde estou?

O sinal do intervalo toca. A letargia é interrompida por alguns minutos. O coração volta a bater. Observo. Pego meu bloco. Ensaio um texto breve, talvez vá para o jornal.

A escola é um grande experimento. As cobaias-alunos descem ao pátio asfixiadas, elas buscam ar. Alguns já matam aula, apenas encontrando seus amigos que persistiam nas salas. Estou em uma esquina, mais uma esquina das tantas em que me meto. Poucas coisas são tão complicadas quanto a escola. Não sei ao certo se gosto, se a temo, se a odeio. O Colégio Estações provoca dúvidas, e quanto mais me reviro, mais capturado estou por sua teia.

Confiro o celular. Há algumas mensagens em nosso grupo. Sabrina diz que tem de resolver algumas questões burocráticas do grêmio. Pergunto se posso ajudar em algo. Ela diz que não é preciso, que já tem tudo sob controle, mas pergunta se posso preparar os textos do projeto de arborização para o jornal. Confirmo que sim, algo fácil que farei ao chegar em casa. Pergunto à Sabrina se

3 • *Lucas* • *Histórias para contar*

ela não vai comer nada, e ela diz que não terá tempo. Anne a adverte, pois ela já desmaiou por isso, mas parece não surtir qualquer efeito. Marco com ela e Felipe no refeitório. Desço com um livro, como sempre.

— E aí, Lucas, firmeza? – Felipe sustenta um sorriso que parece me abraçar.

— Tudo bem, Felipe. Anne, tudo bem? – Observo-a um pouco envergonhado.

— Sim, sim. – Ela morde um sanduíche com algo que parece uma espécie de molho, que escorre um pouco pelo lado do pão de forma. Anne não costuma comer a comida do colégio.

— A gente não vai ter muito tempo para trocar ideias. Precisamos agir. Que tal nos dividirmos para fuçarmos as ações dos pesadelos na escola? – Felipe fala enquanto limpa o prato em poucos minutos, fechando o lanche com um copo d'água. Enquanto ele fala, suas tranças azuis se movimentam harmonicamente, como em uma propaganda de cosméticos.

— Não gosto da ideia de a gente se dividir. – Anne parece bem preocupada.

— Tudo bem, mas começamos por onde? – Confesso que estou um tanto perdido.

— Vamos dar uma volta pelo pátio. Vai que a gente descobre algo? – Felipe sugeriu enquanto se levantava.

Terminei rapidamente a refeição, então começamos nossa caminhada. Felipe acenava para seus amigos e, vez por outra, irritava alguém com algum apelido malicioso. Anne dava passos curtos e girava sua cabeça, tentando prestar atenção a qualquer som capturado por seus fones de ouvido.

As rodinhas de amigos tomavam o pátio e a quadra estava apinhada de jogadores de basquete. Se fosse outro dia, certamente Felipe estaria jogando. Contudo, ainda que ele pareça relaxado, sua preocupação é visível.

— E então, Anne, capturou algo em sua frequência? O que as suas anteninhas dizem pra gente?

— Minhas "anteninhas" não dizem nada, seu bobo! – Fico com um pouco de ciúmes desse papo entre eles, mas é impossível não se abrir ao papo de Felipe. — Mas os meus olhos até enxergam algo esquisito, olha só. – Anne aponta discretamente para o outro lado do pátio.

Saindo de perto de um dos bebedouros, uma menina anda com dificuldade. Ela arrasta sua perna direita, contorcendo sua face, demonstrando muita dor.

— Anne, não é sua colega de turma? Recordo que a vi mais cedo, sentada um pouco atrás de você. – Observo a menina de óculos e cabelos longos que andava cambaleando pelo pátio.

— Você está me espiando na sala, cara? Que coisa, hein! – Maldição! Minha grande boca! — Sim, ela estuda comigo. O nome dela é Bianca. Mas eu não notei que ela estava desse jeito. Quando cheguei na sala, ela já estava sentada e não se levantou até o intervalo. Como eu saí apressada para encontrar com vocês, não notei a perna dela.

— Não abafa a Anne, Luquinha. Já te falei que não é assim que se faz. Claro que posso te dar umas aulinhas. – Quando o Felipe me chama de Luquinha ou Luquinhas eu fico irritadíssimo.

— Pessoal, vocês estão prestando atenção na menina? – Mudei de assunto, claro. Devia estar vermelho como um tomate maduro. — Olhem bem para o que está acontecendo.

— Espertão! Está tentando desviar o foco. A gente sabe que você é caidinho pela Anne. – Felipe não perdeu a oportunidade de pegar no meu pé.

— Mas, mas, olha só, tem algo realmente muito estranho por ali. – Foi a vez de Anne me acompanhar na vermelhidão.

— Eita! E não é que é mesmo? – Finalmente Felipe se voltou para a menina, observando a realidade alterada de forma que apenas nós poderíamos perceber.

O espaço ao redor de Bianca parece dobrar-se. Uma espécie de aura gasosa roxa a circunda, e a grama do jardim que a ladeia murcha ao ter contato com o miasma que sangra da perna da jovem, tomada por pústulas etéreas. É possível ver algumas centopeias translúcidas saindo das chagas antinaturais. Não há dúvidas, é uma manifestação do mundo dos pesadelos. E cada um desses seres asquerosos – que se contorce enquanto se alimenta da carne em decomposição da menina – parece gargalhar enquanto, audaciosamente, nos encarava. Sim, eles sabem que estamos ali e nos desafiam.

Aos nossos olhos, o pátio ao redor da menina era como no pesadelo que tivemos. Cada passo dado a transformava cada vez mais naqueles zumbis bizarros que iam ao encontro dos pilões. Mesmo um tanto distantes desta cena grotesca, conseguíamos ver e ouvir com clareza tudo isso.

— Galera, vamos nos esconder. Daí a gente consegue saber para onde ela vai. Provavelmente, ela irá até o que seria o socador aqui no nosso mundo.

— Você tá louco, Felipe? Então a gente vai testemunhar o que está acontecendo com a menina sem fazer nada? – Tenho de concordar com a Anne. Já foi pesado demais ver aquilo durante os pesadelos.

— Mas se a gente ficar frente a frente com ela, podemos pegar quem está por trás de tudo de uma vez e resolver o problema! – Felipe insiste em seu plano.

— Felipe, agora é minha vez de dizer pra você ser menos afoito. Você tá partindo da ideia de que ela vai para um local onde há um pilão aqui no pátio. Olhe ao redor. Há algum pilão por aqui? Aquilo pode significar frustrações, pode ser puramente algo subjetivo. Você sabe bem disso, e inclusive esse foi o sentido do armário pra você e...

— *Ok*, Lucas, você me convenceu. Não precisa lembrar o que já aconteceu. Todo mundo sabe, ou melhor, vocês sabem. Mas aquilo já passou. Vamos nos focar no que tá rolando agora.

Disfarçamos um pouco e mudamos a rota. Temos uns dez minutos, mais ou menos, até o final do intervalo. Sentamos em um dos bancos abaixo do bloco D para delimitar o que faríamos. Aqui estamos escondidos pelas árvores, mas dá pra ver se a jovem vai seguir pelo pátio ou subir para a sala de aula.

— Anne, fale um pouco da Bianca. Você a conhece bem? Tenho a impressão de que já esbarrei com ela em algum lugar.

— Então, Lucas, hoje em dia, a Bianca é tão quieta quanto eu. A gente fala pouco durante as aulas, mas fazemos algumas tarefas em grupo. Ela não era assim.

— Não era? – Felipe fez uma careta. Alguma coisa misteriosa estava por ali.

— Pois é, Felipe. Ela desenha bem, é bem antenada em pintura. Lembro que, logo no início do ano, ficou toda empolgada quando a Sabrina passou na sala falando dos clubes. Ela comentou que ia entrar no clube de artes e sempre que havia alguma tarefa em sala, mostrava os desenhos, se oferecia para trabalhar no visual dos trabalhos.

— Então é isso! Ela frequentava o clube de artes! – Eu sabia que já a tinha visto em algum lugar.

— E aí, Anne, vai ficar com ciúmes do possível casal escritor e pintora? – Felipe não deixava passar uma. Tudo era motivo pra pegar no pé.

— Felipe, é sério isso? Você parece que não tem limites! A gente tá aqui conversando sobre algo sério e você persiste com essas piadas? – Poucas vezes vi Anne tão séria. Mas até que isso é bom, pensando bem. Olhando com atenção, dá pra ver alguma pontinha de ciúmes, mesmo que não tenha ocorrido nada entre mim e Bianca.

— Desculpa, Anne. Mas diga, como você notou essa mudança da sua colega?

— Não, Felipe. Não notei. Foi acontecendo, né? Só agora, vendo como ela está no pátio, que a ficha caiu.

— Realmente, a gente não costuma perceber as coisas ao nosso redor – comentei, enquanto lembrava do que também queria esquecer, e fui consolado pelo abraço de Felipe quando me explicou sobre o mundo dos pesadelos e sobre sermos sonhadores.

— Eu vou falar com ela. Vou descobrir o que está acontecendo. – Anne se levantou resoluta.

— Que isso, Anne!? Você vai se expor sozinha?

— Primeiro, Lucas, eu me sinto responsável por não ter notado o que aconteceu debaixo de meu nariz. Segundo, eu tenho mais vínculos com ela nesse mundo que vocês dois, então tenho mais chances de sucesso que vocês. — O contorno da armadura de Anne reluzia aos nossos olhos quando ela falava, ainda que translúcida.

— Então por que não vamos juntos? – Felipe a questiona.

— Porque vocês seriam apenas ruído na comunicação.

3 • *Lucas* • *Histórias para contar*

Anne colocou seus fones de ouvido e não olhou para trás. Levantamos do banco, buscamos uma posição melhor e a vimos invadindo o território distorcido da realidade, enquanto os outros alunos nem sabiam o que estava acontecendo.

O que quer que fosse, estava à nossa frente.
Os pesadelos fizeram o primeiro movimento.
Mas nós também sabemos jogar.

Capítulo 4: Anne

UMA MELODIA GRAVE DEMAIS

Dizem que o ar fica mais pesado quando as coisas ficam tensas. Comigo as coisas não são assim. Nessas horas, começa a tocar em minha mente a trilha sonora de um filme de suspense, algo que mexe diretamente comigo. Ao chegar perto da Bianca, ouço aquelas músicas de filme. Olho ao redor e nada está diferente. O casalzinho se agarra, a inspetora Márcia grita com alguém, risadas no pátio. Todos seguem como se nada estivesse acontecendo. Como sempre, sou a única a ouvir a canção do momento. E é isso que me faz uma sonhadora, escutar o ritmo, a melodia e a harmonia de um local, ou mesmo as músicas que tocam no âmago das pessoas.

Minhas pernas tremem um pouco, mas me seguro. Passo ao lado de um bebedouro, me apoio e disfarço, arrumo a saia e sigo em frente. Meu destino é certo. Em breve, Bianca vai me notar. Dou uma olhada para trás e consigo ouvir Felipe e Lucas cochichando.

Acho melhor nos prepararmos...
Não confia na Anne, cara?
Eu tenho certeza que ela tira essa de letra.
Confiar eu confio, mas não sei o tamanho do perigo que a cerca.
Eu também não sei. E nem por isso tô torcendo contra.
Quem disse que eu estou, Felipe? Só estou preocupado.
Tá bom. Vou me preparar aqui pra dar um pique.
Vai que rola alguma coisa?
Enquanto isso, vou ver se encontro algo nos meus livros.

Ok, sei que tenho cobertura. É bom me sentir um pouco mais segura, mas preciso ficar atenta ao que está a minha frente.

As árvores estão secas, como se mortas há anos. Morte, a minha pior lembrança. Em uma fração de segundo, elas voltam à normalidade. Como não estão tão próximas a Bianca, elas entram e saem do domínio do pesadelo que as influencia e faz brotar pequenos monstros etéreos de seus machucados.

Tento não encarar as feridas de sua perna. Eu não sou louca de topar novamente com o riso bizarro daquelas centopeias asquerosas. Falta pouco. Concentro-me nos meus fones de ouvido. Eles mais servem para abafar outro som do que para usar meus poderes, mas me sinto confortável quando os toco.

Ah, não! É a Anne. Ela tá vindo aqui. Que droga!

— Oi, Bianca. E aí, tudo bem?

— Tudo, e contigo? – Sua canção é instável, sem harmonia. Ela mente. Olho fixamente para seu rosto. Eu me esforço o máximo possível para não olhar o seu corpo em decomposição naquela distorção bizarra que rasga o tecido da realidade. Mas é impossível não ouvir o som viscoso da carne mole sendo atravessada pelas centopeias. Argh!

— Você já tem grupo para o projeto de física? Parece um pouco difícil, e não sei se eu vou me dar bem. – Uma tarefa da escola é sempre um trunfo na manga.

— Não tenho, e você? – Ela olha para a escada.

— Também não! A gente podia fazer juntas, né? – Eu me coloco em seu caminho, bloqueando sua passagem com naturalidade.

— Sei lá, Anne. Pode ser... – Agora ela se vira para o banheiro feminino do pátio.

— Ótimo! Você tem os conteúdos anotados? Eu não tenho os dos primeiros dias de aula. – Dou uma brecha para ela se movimentar.

Agora eu me livro dela.

Não consigo mais ouvir a letra de sua música. Os instrumentos estão desconcertados, desafinados.

— Ah, acho que sim. Dá licença que eu tenho de ir ao banheiro.

— Nossa, também deu vontade de ir ao banheiro. Acho que bebi água demais. — Meu sorriso é sincero, mas o aperto não.

Seguimos juntas ao banheiro. Sua canção é apenas ruído, abafando suas vozes interiores. Dei uma olhada para trás, fiz um aceno positivo e me concentrei para me conectar aos meninos.

Viu só? Ela está dominando a situação. Eu sabia!
Ok, ok. Mas vamos continuar com a guarda alta.

Ouvir os pensamentos dos outros não é algo tão simples. Há certas condições para usar meus poderes, algo que a Sabrina me ensinou. Enquanto podemos usar de forma mais livre durante os sonhos, aqui as coisas são mais sutis. Ou eu preciso me sintonizar à canção de quem quero ouvir, algo que pode dar certo ou não, ou o meu alvo se abre para minha audição, e isso normalmente acontece quando estão muito emocionados. De toda forma, é arriscado para mim, já que um turbilhão de sentimentos me invade. Lembro quando Sabrina me advertiu, em uma das primeiras vezes que nos encontramos no mundo dos pesadelos, que usar poderes demais e encarar as deformações do nosso mundo pode nos enlouquecer. E isso é mais arriscado para o nosso tipo de poder, que se relaciona com uma conexão com o entorno ou com alguém. Mal sabia que iria experimentar a quase total perda de meu controle em breve.

Entramos no banheiro meio vazio. Um cheiro de cigarro revela que as meninas não são tão boazinhas como os rapazes pensam. Nunca me ofereceram bebida ou cigarro, pois "tenho cara de criança demais", e meu sotaque do interior não ajuda muito também. Bianca entra em uma das casinhas e eu fico na do lado, fingindo que estou fazendo alguma coisa. É estranho, mas aqui no banheiro aquela atmosfera bizarra ao redor dela se desfez. Talvez por ser um lugar mais protegido dos olhares alheios.

É estranho. Ainda não estou acostumada com essa rotina de detetive e heroína escolar. Sim, sou uma novata aqui no Estações e acho que apenas Sabrina, Felipe e Lucas realmente me entendem por completo. Só eles sabem a razão para eu me mudar para essa cidade.

Confiro o celular e mando uma mensagem no grupo dos sonhadores dizendo que está tudo bem.

A primeira dos quatro que conheci foi Sabrina, e ela fez questão de fazer uma "reunião extraordinária" comigo, já que não frequentei as primeiras semanas de aulas. Havia "muitas coisas importantes para eu aprender sobre o Colégio Estações". Realmente, em comparação ao meu antigo colégio, aqui é um mundo! Fui à contragosto à sala do grêmio depois da aula. Eu queria mesmo voltar para casa e ficar na cama matando o tempo. Mas como eu queria ocupar minha mente com outras coisas, fui falar com aquela menina marrenta.

A sala do grêmio estava absurdamente organizada. Para mim seria uma bagunça, mas os *post-its* presos na minilousa estavam milimetricamente ajustados, revelando uma arrumação perturbadora. Tudo parecia tão no lugar que me senti um tanto desconfortável ali. E olha que sempre fui chamada de certinha pelos meus pais.

— Oi? Tem alguém por aqui?

— Olá! – Sabrina levantou-se. Ela guardava alguma coisa nas gavetas de sua mesa. — Então só você veio? Deixei o bilhete em tooooooodas as salas e parece que só você é uma novata responsável. Parabéns!

Hum... espero que ela caia nessa. Tá bom, vou abrir logo o jogo. Ela parece fingir também.

— Er... Tá bom, né? – Então essa tal Sabrina tá mentindo pra mim? Ué... Eu já estou ouvindo sua música?

Eu sabia. Ela tá usando os poderes aqui, na minha frente. Será que ela se lembra de mim no sonho de ontem?

— Vamos lá...

— Anne, meu nome é Anne.

— *Ok*, Anne. Prefere algum apelido? Bem, você precisa pegar o manual do aluno, o calendário oficial, as rotinas da administração, os procedimentos para as feiras culturais, a apresentação dos clubes que temos por aqui. Hum... será que falta alguma coisa? – A essa altura, eu já estava carregando um calhamaço de papel, observando incrédula como ela seguia falando sério comigo sobre burocracia enquanto pensava em outra coisa. — Claro! Como eu poderia me esquecer! Aqui está o número de nosso telefone e o grupo secreto para você entrar.

— Pode me chamar de Anne mesmo. Mas... Grupo secreto? Número de telefone?

Deve ser esse fone de ouvido que ela não tira de jeito nenhum. Melhor falar para ela ser mais discreta. Aliás, você já está me ouvindo. Certo, Anne?

— Isso mesmo, cavaleira de armadura brilhante. – COMO ELA SABE!?!?

4 • *Anne* • *Uma melodia grave demais*

A-ha! Eu sabia que ia se surpreender!

— Anne, pode tirar o fone de ouvido. Não precisa escutar os meus pensamentos.

— Mas... mas... como?

— Digamos que você não é a única com poderes por aqui. Na verdade, há outros como nós por todo o mundo. Neste colégio, pelo que sei, há mais três além de você, que são o que chamamos de sonhadores. Lucas, Felipe e eu. Em breve você vai conhecê-los. Eles são bem legais, garanto que você vai se enturmar.

— Do que você está falando? – Retirei o único fone que usava, na orelha esquerda, e me fiz de desentendida.

— Olha, Anne... – Ela me encarou enquanto sentava na cadeira atrás da mesa. Parecendo mais relaxada, cruzou as pernas enquanto apontou para uma cadeira, para que eu me sentasse.

— Sim... – Enfim sentei. Ainda estava tensa, mas, de alguma forma, aquela menina de longos cabelos avermelhados me passava segurança.

— Nos últimos dias, eu notei você lá no mundo dos pesadelos.

— Mundo dos pesadelos?

— É, a gente chama aquele lugar assim.

— A gente?

— Sim, Anne, eu acabei de dizer. Você não é a única. Deixe-me ver se acerto sua história. Você teve alguma experiência ruim no passado e, em algum momento, passou a enxergar a realidade de uma forma um pouco diferente, para além de ter sonhos lúcidos nos quais você poderia ter poderes sobrenaturais. – Sabrina falava de forma debochada, como se o que estivesse dizendo fosse supernormal, até mesmo óbvio.

— Hum... Mais ou menos...

— Há três dias que observo você nos pesadelos. Foi quando a reconheci com sua armadura brilhante, seu cavalo de batalha e sua lança. Parece que você está lutando para se integrar em seu novo colégio.

— É...

— Você já teve esses tipos de sonhos antes, né? Mas os pesadelos eram diferentes, fora do Estações, correto? Pelo que consegui ver na sua ficha, você se mudou faz pouco tempo para cá.

— Ei! Essa é uma informação que você não poderia ter acesso!

— Digamos que nós temos acesso a coisas que ninguém tem.

— Como assim?

— Dá pra usar o mundo dos pesadelos como atalho para o nosso mundo. Então, por lá, conseguimos investigar coisas que acontecem aqui.

— Isso significa que você me bisbilhotou esse tempo todo? Pra que isso?

— Para te proteger. E é por isso que recomendo não usar a todo o momento seus poderes deste lado, como você estava fazendo até agora há pouco.

— Por quê?

— Porque os pesadelos vão conhecer você melhor, vão te perseguir deste lado e ficarão mais fortes quando você topar com eles quando tiver dormindo. Além disso, você se arrisca a perder a referência com o nosso mundo e enlouquecer, não discernindo mais o que é real e o que é uma distorção que os pesadelos criaram. E o que eles mais querem é nos deixar loucas.

— *Ok...* Mas como você descobriu que eu estava ouvindo seus pensamentos?

— Digamos que consigo enxergar detalhes que a maioria das pessoas não vê. – Sabrina me ofereceu uma bala. Aceitei. — E tem outro detalhezinho, nós conseguimos saber quem são os sonhadores e se há alguma manifestação dos pesadelos por aqui.

— Como?

— Olhe para mim sem me encarar. Tipo, como se estivesse olhando com o canto do olho, saca? – Não entendi bem o que ela havia pedido, mas tentei fazer.

— Você era a boneca caída no chão! – Ao olhar Sabrina de soslaio, a vi com uma roupa completamente diferente, como a de uma boneca de porcelana, com um vestidinho bem arrumado, repleto de babados. Eu tinha visto algumas vezes, nos meus sonhos recentes, uma boneca caída no chão, mas nem liguei, ainda que tenha achado estranho por nunca ter tido aquele modelo de boneca. Era assim que ela me espiava desde quando cheguei no Colégio Estações!

— Viu só? Aposto que você já deve ter visto coisas estranhas, como sombras, monstros, coisas que aparecem e desaparecem na frente de seus olhos de uma hora para outra. Esses *flashes* do inconsciente são coisas que só nós, sonhadores, conseguimos enxergar. Mas dá para mantê-los bem na nossa frente. É questão de treino, mas, em resumo, a gente precisa olhar como se estivesse sonhando.

— Tá, bom, tá bom. Isso é coisa que só acontece na minha cabeça. Eu devo estar ficando louca e tudo isso é uma pegadinha. Um trote para calouros. Está gravando?

— Não precisa disfarçar, Anne. Você já sabe de grande parte do que estou falando aqui. Pelo menos parecia saber muito bem o que estava fazendo ao detonar aqueles espectros que te perseguiam.

— Uma coisa é quando isso está apenas na sua cabeça. Outra coisa é quando você escuta a presidente do grêmio da sua nova escola falando que mais pessoas têm contato com essas bizarrices e que, veja só, elas entram nos sonhos umas das outras. Não acho absurdo duvidar da minha sanidade.

— Isso é bom. Duvide do que vê, veja novamente sob outro ponto de vista. Meus veteranos aqui e no outro mundo me ensinaram bem isso. Inclusive, pode ser uma forma melhor de encarar o seu trauma. E nem adianta dizer que você não tem um. Todos nós, sonhadores, temos. E é melhor confiar em nós.

Logo na primeira conversa, ela acessou sem rodeios meu ponto mais frágil. Sabrina é meu oposto. Enquanto quero ser destemida como uma cavaleira, sou tímida por aqui. Mas o que ela disse pode até fazer sentido. Eu não consigo me perdoar pela perda da Gisele. Eu sabia que ela estava mal e não abri o jogo para ninguém. Eu a via definhar em um espiral de medo e até gostava da posição de ser seu único porto seguro. Se eu fosse mais firme, se realmente a tivesse ajudado, ela não tiraria a própria vida... Ou essa é a versão que eu quero acreditar e preciso mudar meu ponto de vista, como Sabrina disse?

— Nós, que sabemos que somos sonhadores, podemos compartilhar pesadelos. Isto significa que, a partir de agora, você vai se envolver com os meus pesadelos também.

— Eu não! Por que eu desejaria isso?

— Primeiro porque você não vai ter muita escolha, já que sabe como eu sou no meu inconsciente. E foi por isso que eu "liberei o acesso" — ela fez as aspas com os dedos — para seu poder assim que notei que você o possuía. Agora você sabe que sou uma sonhadora e como as coisas funcionam. E segundo porque vai ser mais fácil sobreviver assim.

— Sobreviver? Você tá ficando louca? São apenas pesadelos, Sabrina. Você tá vendo filmes de terror demais.

— Anne... Se fosse algo meramente fantasioso, você não ouviria meus pensamentos, né?

— *Ok*, você tá certa. Mas quais os riscos que a gente corre?

— Eles querem acabar com a gente, já que não somos apenas vítimas inertes de suas ações. Não fornecemos mais medo pra eles e sabemos como eles operam. Somos obstáculos que podem acabar com a fonte de seu alimento. Em outros termos, nossa existência atrapalha os seus planos.

— Atrapalha quem? Os pesadelos?

— Isso. Foi o que me ensinaram e fez sentido pra mim. O Felipe, por exemplo, pensa diferente. E eu tô me oferecendo para te ajudar a lidar com tudo isso, com essa nova etapa na sua vida.

— Hum... Tudo bem... – Eu achei que podia confiar na Sabrina. Felizmente, eu estava certa. — Desculpa se fui rude. Obrigada. Mas... Você disse que tinham outros com esse dom...

— Eu não chamaria isso de dom. Prefiro chamar de poder, outros chamam de maldição, mas isso é uma questão de perspectiva. Lembre-se disso, Anne: perspectiva! Tome seu caso de exemplo, você teve de lidar com a morte de...

— Não quero tocar nesse assunto, Sabrina. Aliás, como você sabe? Não tem nada disso nos documentos da escola!

— Perdão por parecer invasiva. Mas se você está aqui falando comigo nesse momento e não perdeu a razão, é porque conseguiu superar o que aconteceu de alguma forma. Eu já expliquei como sei de parte do que aconteceu contigo, mas repito. Quando a gente partilha os pesadelos, abrimos nosso inconsciente aos outros sonhadores. Como eu estava lá escondida, pude ver parte de suas

4 • Anne • Uma melodia grave demais

memórias, as mais dolorosas, as que você luta contra todas as noites. Mas a gente tem um código de não invadir a mente dos outros, só vemos o que se revela na superfície, o que você permite. — Foi quando descobri que o meu "poder" é mais ou menos como isso, mas dentro da cabeça das pessoas...

— *Ok...* mas e os outros "sonhadores"? – Será que eles também sabem o que aconteceu na outra escola que estudei?

— Lucas e Felipe são os outros. Se você permitir, os apresento ainda hoje. Eles já estão no grupo aqui. – Ela mostra novamente seu celular com um grupo de mensagens intitulado "sonhadores".

— Tá bom, vou entrar nesse grupo. Parece que vou ter de me enturmar mesmo.

— Que ótimo! Bem-vinda, então! – Sabrina levantou-se, contornou a mesa e me abraçou. Ela me pegou de surpresa, mas foi bom. Foi o primeiro abraço que recebi no Colégio Estações.

Desde então, conheci os meninos e começamos a ter uma relação de amizade muito forte. Passei a me sentir parte de algo maior. Por vezes, só queria ter um grupo de amigos que falam besteira e comem pizza. Mas até que é bom usar os poderes e ajudar um pouco os outros, ainda que ache que ninguém faria nada por mim... Sabrina diz que sou pessimista, mas parte disso é reflexo de minha vida. Só sei que nunca tive amigos com tanto entrosamento quanto eles, e isso é muito gostoso. Aliás, tive sim, a Gisele...

— Anne, tem papel aí? – Que surpresa! Ela não estava fugindo de mim, apenas. Bianca realmente queria ir ao banheiro.

— Opa, tem sim! – Passo o rolo de papel higiênico por cima da divisória.

— Valeu! Te devo uma. – Pela primeira vez, ouço o timbre de voz da menina que conheci no início do ano.

O ar frio e distante de sua voz parecia ter se dissipado. A trilha sonora agora é amena, agradável de ouvir. Estamos na pia, lavando as mãos. Há um ou outro recado no canto do espelho. Alguns casais deixavam suas marcas por ali. Beijos são roubados no banheiro feminino, e eu já tinha presenciado alguns. Definitivamente, os meninos não sabem nada do que acontece.

— Notei que você tá mais na sua que no início do ano – puxo assunto como quem não quer nada.

— Ah... É... – Ela seca suas mãos com uma toalha de papel lentamente.

— Aconteceu alguma coisa, Bianca? Sério, pode falar. – Sim, eu estou sendo sincera. Ainda que prefira distância de confusões, quero que ela fique bem. Ninguém merece ser atormentada e usada por pesadelos.

— Eu, eu...

Algumas meninas entram juntas no banheiro, passando ao lado de onde estávamos. Bianca emudeceu. Provavelmente, o que ela sabe não pode ser dividido. Deve ter um segredo ou algo que pode ser vergonhoso. Encaixo o fone de ouvido esquerdo e observo minha colega de relance.

Não, ela não pode fazer parte disso.
Vai lá, acaba com ela agora.
Se eu disser... não a deixarão sair.
Aproveita! Aproveita!
Que droga, Bianca. Como você foi burra!
Atraia ela. Ela já sofre, deve sofrer mais!
E se alguém estiver nos sanitários ouvindo?
Eu só quero sair disso sem envolver mais ninguém!

— Aaaaaaaaaaaah! – soltei um berro agudo, abafado pelo sinal do intervalo que acabava. O turbilhão de vozes invadiu-me, tirando as forças de minhas pernas. Tudo girava. Senti o gosto de vômito na boca.

O pesadelo voltou a se manifestar abruptamente, agora na mente dela. Foi um erro meu, um erro de abordagem. Achei que estava segura e encarei de uma vez só a imagem distorcida de Bianca no reflexo do espelho atrás da pia do banheiro.

Lá estava eu, desarmada, sem minha armadura, face a face com uma centopeia saindo da órbita ocular oca de minha colega. As vozes mandavam aproveitar para me capturar. Mas há algo errado nisso tudo.

4 • *Anne* • *Uma melodia grave demais*

Tento me acalmar e pensar. Certamente havia algum gatilho por ali. Ele mudou quando ela entrou e se sentiu segura, longe do olhar de alguém... mas de quem? E por que ela mudou de comportamento?

— O que houve, garota? Você está passando mal? – Após meu grito, as meninas que entraram me acudiram, desfazendo o entorno antinatural.

— Acho que estou passando mal. O lanche que trouxe deve ter estragado. — Aproveitei o que subia pela garganta para vomitar na pia, colocando a mão na barriga para simular a dor.

— Deixa eu te ajudar. – Notei que Bianca voltou a si naquela hora.

— Preciso só lavar o rosto agora. Vamos voltar... – Eu tentava disfarçar o susto que tomei.

Acho que vou falar que...

Hum... Pelo menos ela me vê com um pouco mais de confiança. Quem sabe no caminho de volta eu consiga alguma pista. Olho para o banco e Lucas e Felipe ainda estão lá.

O pátio pouco havia mudado, ainda estava bem cheio. Apenas os alunos do primeiro ano voltam com mais pressa às salas. Alguns alunos já subiam, outros passavam no banheiro antes do prosseguimento das aulas. Aceno novamente indicando que tudo estava sob controle. Mentira, eu estava pálida e tremendo, mas sei disfarçar. Confiro se os pesadelos se manifestam agora. Nada. Novos sinais entre Felipe, Lucas e eu. Tudo certo. Hora de voltar à conversa.

— Mas então, Bianca. Você estava dizendo algo lá no banheiro. – A aura bizarra ao seu redor não voltou. Que bom.

— Olha, Anne, eu não sei se...

Antes que pudesse terminar a frase, Bianca foi puxada para o lado. Alguém pegou seu braço com força e a afastou de mim.

— Olha, Bianca, você ia dar com a língua nos dentes. Eu já te disse para não envolver outras pessoas na rede. – "Rede"? O que esse cara tá falando?

— Ei, cara! Você tá machucando minha colega! Solta ela agora! – Ele é um veterano, provavelmente. É um saco isso de acharem que, só porque estamos no primeiro ano, podem fazer qualquer coisa com a gente.

— É melhor você ficar fora disso, garota. – Com quem esse cara pensa que tá falando? Vou aproveitar para colocar o meu fone de ouvido e...

Eu vou acabar com você na próxima vez que dormir, sonhadora. Corra, Anne! Se manda!

Droga! Um pesadelo assumiu a mente dele. Pelo menos o inconsciente de Bianca parece bem e quer me proteger.

Já era, garota. Você se expôs demais. Agora que conheço seus métodos, não vai ouvir o pensamento dos meus brinquedinhos com tanta facilidade. Eu vou acabar com sua razão, menina! Você se dobrará novamente ao seu medo!

— Tá tudo bem, Anne. O Flávio tá comigo. É meu amigo.

Bianca disfarçava, é óbvio. Ela soltou seu braço e se afastou junto ao rapaz, que tinha alguns ferimentos no braço. Que droga! Expus demais o meu poder. Pouco tempo depois, Lucas e Felipe chegaram.

— E aí, Anne, o que aconteceu? Conhece esse cara?

— Não sei quem é, mas o nome dele é Flávio. Ele e a Bianca têm alguma relação com os pesadelos. Ela falou algo sobre uma tal "rede". Não entendi direito, mas deve ter mais gente envolvida – respondi ao Lucas enquanto andava cambaleante na direção do meu bloco.

— Boa! Sabemos de dois envolvidos. É só colar neles então!

— Não sei não, Felipe. Os dois parecem a ponta de algo maior. Eles são apenas as vítimas. Parece que esses machucados que eles têm se relacionam lá com os pesadelos. A gente precisa entender o que é a tal "rede".

— Ótima observação, Anne! — Gosto quando o Lucas me elogia.

Nós três olhamos de relance para Bianca e Flávio conversando. O miasma voltou a se espalhar, em tons roxos e vermelhos, como de hematomas e sangue coagulado. Então, uma centopeia saiu da perna de Bianca, rodeou seu corpo e entrou no braço ferido de Flávio. Gostaria de não ter visto essa cena grotesca com o estômago vazio.

Eles sabem de nós.
Eles virão até nós.
Mas quem são eles?

Capítulo 5: Felipe

NA ESQUINA ENTRE A NOITE E O DIA

— A senhora tem trocado?
— Tenho não, meu filho.
— É que acabei de abrir o caixa.
— Poxa vida, desculpa.

— Liga não, tia. Pode deixar que eu vou arrumar o seu troco rapidinho. – Que azar, logo no início do expediente, recebo uma nota tão alta. Mas sempre tem um jeito. Ah, se tem!

Levanto do caixa e me estico todo, olho para lá, olho para cá, busco alguém nos corredores estreitos. Coço a cabeça, ajeito a camisa e puxo o celular para dar um toque para quem procuro. Opa, um pouco de sorte. Ela está ali.

— Dona Sueli! A senhora pode trazer um pouco de troco aqui pro caixa, por favor?

— Pode deixar, Felipe! Só um minutinho! Estou terminando a reposição de sabão em pó e detergente! – A voz de Dona Sueli mistura energia com raiva. Nunca consegui saber se ela está nervosa ou animada quando fala desse jeito comigo. E olha que já trabalho aqui faz um tempinho.

Ainda bem que, por enquanto, não há filas. Se o mercado estivesse cheio, o pessoal já estaria reclamando. Se bem que, para ficar cheio, é preciso de meia dúzia de pessoas.

— Meu filho, acho que conheço você. Você é artista de televisão? — A senhora começou a puxar assunto. Que bom que ela não ficou chateada com a demora no troco. De vez em quando, aparecem uns clientes que já azedam o dia no início do expediente.

— Que isso! A senhora acha que eu seria um caixa de mercado se fosse um artista famoso?

— Pode ser uma pegadinha. Onde está a câmera? – A senhora de cabelos brancos dá uma risada contagiante. Quando me dou conta, estou rindo também. Então, entro na brincadeira.

— Será aquela ali? – Aponto para uma câmera de segurança do mercadinho. — Falando sério, tia, eu acho que não me daria bem interpretando.

— Que isso, jovem! Você é todo bonitão! Esse seu cabelo, esse sorriso aí. Aposto que deve fazer sucesso com as meninas, né? Mas você é a cara daquele ator da novela. Qual é o nome dele mesmo?

— Hum… – Sempre isso, sempre isso. Estava bom demais. Mais uma vez alguém me vendo como "pegador", "garanhão". Pior ainda, todo preto é sempre igual. Basta usar uma trança, vestir uma camisa e pronto. Vou ficar na minha.

— Ah! Já estava esquecendo! Tá na hora de tomar meu remédio. Ela tira da bolsa um potinho de vidro com umas pílulas. Respiro fundo. Mas preparo um troco suave.

— A senhora quer um pouco de água? Acabei de encher a minha garrafinha. Ela tá limpinha, eu uso essa caneca aqui, então dá para a senhora tomar...

— Não precisa não, meu filho. Eu costumo tomar sem água.

— Nossa, como a senhora consegue? Acho que eu não consigo tomar remédios assim. Já me imagino tossindo e engasgando.

— É costume, sabe? Sempre tomo as minhas pílulas de homeopatia assim.

— Mas isso é pseudociência, tia. Uma senhora esperta não pode cair nessas coisas de homeopatia. Você não está tomando isso para uma doença séria não, né? — Nem tive tempo de revidar. Já estou vestido de herói sem capa outra vez. E olha que nem estou dormindo.

— Pseudo o quê?

— Então, é que essa pílula aí não tem comprovação de que realmente funciona, sabe? Se a senhora realmente tiver com algo sério, pode não estar ajudando o tratamento. E o pior, está alimentando toda uma rede que faz muito mal à ciência, à pesquisa, à saúde pública, entende? É uma coisa grande, muito maior que uma pílula.

— Como assim não funciona? Eu sei que isso está me fazendo bem, o moço da farmácia me disse, e todas as minhas amigas usam.

— A senhora acha isso, mas não é algo que se sustenta de acordo com a ciência. Você costuma se consultar periodicamente?

— Você tá doido, menino? Tá duvidando do meu tratamento? Você não me conhece, não sabe o que estou tomando. Onde já se viu? Essa juventude! Agora eu tenho de dar satisfação para um caixa de mercado?

Como assim? A gente ajuda a pessoa e basta uma oportunidade pra ela vir com argumento de autoridade?

— Felipe, o que está acontecendo aqui? Batendo boca com cliente? – Pronto, vou tomar bronca da dona do mercadinho. O expediente começou "daquele jeito".

5 • *Felipe* • *Na esquina entre a noite e o dia*

— A gente não tá batendo boca, só conversando. – Olho sério para a senhora enquanto abro o caixa e espero o troco de Dona Sueli.

— A senhora é a gerente? Eu quero fazer uma reclamação. Este seu funcionário está se metendo na minha vida e falando mal dos meus remédios. Onde já se viu?

— Então, este rapaz não é "meu funcionário". O nome dele é Felipe. Além de funcionário, ele é alguém preocupado com seu bem-estar. Eu ouvi quando ele falou da homeopatia. Acho que não dá pra falar mal do que não funciona, né? – Boa, Dona Sueli! — Aqui o troco, Felipe. – Troquei a nota alta da cliente tão feliz que me esqueci de tudo que estava rolando no colégio. — Você devia agradecê-lo.

— Mas que absurdo!? Todo mundo agora ficou mal-educado. Não reconhecem a experiência dos mais velhos. – A senhora saiu resmungando. Era a minha deixa.

— É que nem sempre aquilo que a gente faz há muito tempo tá certo. Quando a gente não questiona o que faz, fica mais fácil de persistir no erro. Tipo quando se acha que todo mundo é igual, ou que pode falar qualquer coisa só pela idade. – Ela tinha que levar essa para casa. Afinal, ela estava esperando o troco, não é mesmo?

Cada palavra que falei poderia ser dita para o meu pai. Um dia ainda consigo. Um dia.

E olha que o dia já tinha começado nervoso. Teve o pesadelo e depois tudo aquilo que rolou na escola.

Quando acabou o intervalo, não consegui focar em nada, absolutamente nada nas aulas. A menina até estava falando com a Anne, mas chegou aquele cara esquisitão do nada e cortou o assunto. Daí para frente, tudo o que o professor de história falou entrou por um ouvido e saiu pelo outro. E até que era um bom tema, afinal, sempre é bom saber um pouco mais sobre a história da ciência.

— Felipe, mexendo no celular de novo?

— Desculpa, professor! É algo importante. – E era mesmo, a gente trocava mensagens freneticamente durante as aulas sobre o que estava rolando.

— Tudo bem, mas você pode pedir para sair e resolver isso lá

fora. Aqui você abre precedente para que todos se dispersem. –
Esse professor é maneiro, nunca chega esculachando.

— Beleza. Vou nessa então. Já volto.

Nem vinte minutos tinham passado desde o final do intervalo
e eu já estava nos corredores do colégio, trocando mensagens com
Lucas, Anne e Sabrina. Ligamos alguns pontos.

— Gente, pela descrição que vocês tão me passando, o cara que
apareceu no recreio é o Flávio. Eu topei com ele mais cedo. Ele tava
bem estranho.

— Defina estranho, Sabrina. – Lucas e sua mania de definições
e conceitos para papos comuns. Chaaaaaaato.

— Sei lá, ele se esquivava de mim, parecia diferente do garoto
que eu conhecia.

— Igual à Bianca!

— Como assim, Anne? A Bianca parecia estranha também? –
Foi minha vez de perguntar.

— Pois é, o comportamento dela tá diferente do início do ano…
E quando ela começou a falar comigo, os pesadelos se manifesta-
ram. Há vozes contraditórias na mente dela. Também pude ouvir
algumas na mente do tal Flávio.

— Mandou bem, Anne! Já temos dois sob efeito dos pesadelos
mapeados. O que descobriu além disso?

— Nada de muito concreto, Lucas. A mente dos dois parece
lutar contra algo. Ambos falaram de uma tal "rede". Mas não saquei
o que isso significa.

— Acho que há mais pessoas envolvidas, e há uma espécie de
segredo entre eles.

— Mas isso é óbvio. Né, Sabrina?

— É sim, Anne, mas temos algo para seguir, não é mesmo? A
gente tem de procurar essa rede, e agora fica mais fácil.

— Não exatamente…

— Por que, Anne? O que rolou?

— Agora eles se fecharam. Os dois. Sabem que tem gente atrás
deles. Eu abri a guarda e me atacaram. Cheguei a vomitar no banheiro. Vou ter de ficar de molho por uns dias. Sinto como se mi-

nha mente estivesse machucada. Estou com medo de entrar no mundo dos pesadelos, ou usar meus poderes, por enquanto. Eles conseguiram, me tiraram do jogo.

— Ué, então deixa com a gente. Vamos buscar os outros que fazem parte da rede. Se liguem, quando eu sair do trabalho, vou dar um rolê com uma galera para pegar mais pistas. – Era a minha vez de agir. Afinal, eu tenho a manha, o jeito, os contatos.

— Boa ideia, Felipe! Eu vou contigo!

— Nada disso, Lucas. Você, com essa cara de almofadinha, só vai atrapalhar.

— Tá bom... Mas fale com a gente, *ok*?

— Deixa comigo.

Voltei à sala um pouco mais focado, já que tinha uma ideia do que fazer até o fim do dia. Eu só precisava ter uma tarde de trabalho tranquila.

Como já tinha perdido o início da explicação, fiquei boiando até o final da aula. Sorte que hoje não teve nenhuma atividade complicada, ou mesmo uma avaliação. Fiquei olhando pela janela, para o vazio, por um bom tempo.

No fim das aulas regulares, troquei de roupa como de costume, colocando o uniforme do trabalho, que por sinal é tão brega que chega a agredir o meu estilo. Como vou direto para o mercadinho, economizo tempo chegando já uniformizado. Eu poderia me trocar por lá, mas prefiro reduzir as chances de tomar uma bronca da Dona Sueli. Ainda bem que conto com o apoio da direção do colégio. Desde quando comecei a trabalhar no mercadinho, fui questionado apenas uma vez por uma inspetora, mas depois que expliquei que ia para o trampo, tudo se acertou. Afinal, não sou o único que tem algum trabalho de meio expediente. Aliás, esta é a única coisa que eu faço de que meu pai gosta: trabalhar.

O trajeto até o mercadinho é curto e, pelo horário que o faço, não é nem um pouco agitado. Confesso que prefiro atravessar o bairro no outono ou no inverno, já que o sol do início do ano é de doer.

O trabalho é um tanto chato, mas levanta uma grana, e é isso que importa. O mercadinho não é gigante e ganha os consumidores por dois fatores: sua localização e o jeito que a gente trata os clientes.

De volta ao presente, tenho certeza de que Dona Sueli vai falar algo sobre o que rolou com aquela senhora da homeopatia em três, dois, um...

— Felipe, preciso falar contigo. – Eu sabia.

— Já sei. Vou ter de pedir desculpas para a cliente.

— Nada disso, Felipe. Ela que começou a perder o controle. Você estava conversando com ela e fazendo algo bom. E o desabafo final é coisa sua. Você não tem sangue de barata, e gosto disso. – Isso me surpreende um pouco.

— Tá bom... Mas o que a senhora deseja falar comigo?

— Você não precisa esconder quando estiver estudando, Felipe.

— Mas eu... — Ih, ela notou. Tô lascado.

— Eu já vi várias vezes você mexendo no celular, lendo livros, fazendo os exercícios da escola quando não está atendendo os clientes. Não há nada de errado nisso. E hoje eu vi que você usa o que aprende nas conversas. Isso é muito bom.

Será que essa é a Dona Sueli que eu conheço? Dou aquela olhada de canto de olho, para ver se tem algum pesadelo zoando comigo. Vai saber, né?

— Por que você está me olhando assim? Que careta é essa, Felipe?

— Ops, é que um cisco caiu aqui no meu olho! – Eita! Não tem pesadelo nenhum por aqui. É a Dona Sueli mesmo! — Ué, não era um cisco. Ou se era, já saiu.

— Ah, tá bom. Deixa eu te falar, Felipe. Você deve achar que eu fico com raiva e sou chata o dia todo. Mas a vida vai fazendo a gente criar uma casca. É tanta pedrada que a gente leva, que vai criando essas defesas. Você ainda é novo para saber disso. – Ela dá um suspiro longo e coloca a mão no meu ombro. — Mas eu sei que posso confiar em você, garoto. Espero que também confie em mim.

Hoje está sendo um dia diferente. Depois de algum tempo no mercadinho, é a primeira vez que vejo esse "outro lado" de Dona Sueli. As palavras que ela disse mexeram comigo. Ô se mexeram,

5 • *Felipe* • *Na esquina entre a noite e o dia*

chegou a emocionar.

Ela não tem ideia de como está certa. Eu sei muito bem o que é criar uma casca, uma barreira, uma série de mecanismos de defesa. E essa história é um pouco antiga. Mas posso dizer que estou do outro lado da rua de Dona Sueli.

Normalmente, uma pessoa que não me conhece olha para mim e pensa: é só um cara que gosta de curtir e zoar, é brincalhão e não tá nem aí para a vida. Eu colaboro muito com essa imagem. Na real, eu me esforço para que as pessoas pensem isso de mim. Enquanto Dona Sueli se fecha na rabugice, é o meu sorriso que funciona como barreira para os problemas que eu carrego. E tudo isso começou lá em casa. Sempre em casa, não é mesmo?

Como eu quero sair de casa e ter o meu próprio lugar para viver. Eu nem precisaria trabalhar aqui, já que minha família tem boas condições. Claro que nada se compara ao berço de ouro da Sabrina. Mas, no meu caso, o que me move é algo que já rompeu a barreira da pressão.

Ser agredido pelo próprio pai é pesado demais, não desejo isso nem para o meu pior inimigo. Faz um bom tempo que não troco uma ideia com o velho. Não posso dizer que odeio o meu pai, até porque ele não merece nada de mim além do desprezo. Ele é apenas mais um imbecil que acha que os garotos têm de ser criados para "pegar mulher". Tenho nojo desse cara.

É por isso que decidi não depender do "seu Silva" para nada. Minha mãe ainda tenta colocar panos quentes, mas o que eu mais desejo é distância dos dois. Sim, isso mesmo. Dos dois. Ela é cúmplice. Se tivesse o mínimo de respeito próprio, já teria saído de casa. E é isso que eu vou fazer assim que possível. Estou juntando grana para isso.

Mas a vida é uma coisa bizarra. Eu preciso "responder ao que esperam de mim". Só porque sempre me dei bem com esportes, eu sou "o atleta". E daí vem o pacote completo. Se sou "o atleta", tenho de ser o "descolado" e o "garanhão". Nada mais torto que isso. Quando me dei conta de que o mesmo tipo de discurso bizarro que ouvi dentro de casa ecoava nas quadras da escola, quase pirei. Sorte que encontrei a Sabrina e o Alex, que agora já está formado. Acho que teria enlouquecido se não fosse pelos veteranos sonhadores.

Desde então, a minha casca ficou mais grossa, como diria Dona Sueli. *Ok*, eu não sou apenas "um cara bom em esportes", sou o melhor. Não sou só um cara "descolado", eu chamo a atenção de propósito, para que não peguem no meu pé por minha sexualidade. Enquanto acham que sou um burro e que não manjo nada de estudos, tiro onda sempre que posso. Estudar biologia, química e física é jogar em casa para mim. A primeira vez que gabaritei o simulado de ciências, deixei todo mundo de boca aberta. Vocês vão engolir um cara que é bom em esportes e que é fera nos estudos. Nem vão notar quando eu passar por vocês, seus trogloditas. E quando isso acontecer, o meu sorriso debochado vai ser mais verdadeiro que nunca.

— Quanto deu mesmo?

— Ah! Quinze e cinquenta. – Sonhar acordado é algo comum para gente que atravessa sonhos e pesadelos. Não é raro que nos desconectemos da realidade.

— Passa no crédito, por favor?

— Claro, senhor.

O expediente se arrasta. Pelo menos dá tempo de responder ao questionário de geografia e começar a pesquisa de filosofia.

— Felipe, aonde você vai se encontrar com seu pessoal?

— Já mandei mensagem pra galera. O pessoal estava na praça, mas foi dar uma volta no *shopping*. – Ainda tenho tempo de responder à Sabrina no nosso grupo, entre uma tarefa e outra.

— Beleza. E se cuida, hein!? Se precisar da gente, é só chamar. – Sabrina mantém sua postura de mãezona do grupo.

— *Ok*, mas se rolar algo aí contigo, me chame também.

Saio do trabalho, não sem antes me despedir de Dona Sueli. Penso que nossa relação será mais doce depois de nosso papo durante a tarde.

— Vou nessa, Dona Sueli! Até amanhã.

O *shopping* não fica no nosso bairro, a galera costuma pegar uma condução até lá. Mas para mim é apenas um pretexto para correr e saltar. O *parkour* me faz sentir mais vivo, e qualquer desculpa para me mexer me agita. Tudo bem, eu poderia simplesmente esperar um ônibus no ponto perto do mercadinho, mas que graça isso tem? Além de economizar uns trocados, aproveito para faiscar um pouco.

— Feliiiiiiiiiiiiiiiiipe? – Uma garota me chama enquanto corto as ruas como uma flecha disparada.

— E aí, Fê? Firmeza? – Essa mina é massa demais. Gosto de trocar ideias com a Fernanda, ela é superdivertida.

— Tudo beeeeeeeem! – Ela acena enquanto me afasto. Dá para notar a turma dela ao redor. Galerinha bacana, sobretudo aquele cabeludo que curte biologia também. Acho que é Adriano o nome dele.

Chego um tanto suado no *shopping*. Passo no banheiro, lavo bem o rosto, uso meu desodorante da salvação e troco a camisa. Prontinho!

— E aí, galera, beleza?

— Chegou o Felipe! Olha que camisa irada!

— Demorou, cara! Já tá muito tarde.

— Vocês sabem que faço um drama, mas sempre compareço. E aí, quais as boas?

— Sem muita novidade, cara. O de sempre. Você tem treinado?

— Meu caminho do trabalho até aqui foi o treino.

— Você tá me tirando! Qual é, cara? Veio lá do mercadinho até aqui correndo?

— Ah, vocês sabem que não é a primeira vez que faço isso. E ainda posso voltar pelo mesmo caminho.

Puxei uma batata frita de um dos carinhas que lanchavam na praça de alimentação. Eu não curto muito o *shopping*, mas entendo que é um lugar que dá para ver "a moda da cidade". Nosso bairro não tem muita coisa para fazer, então qualquer coisa é desculpa para vir para cá. Mas confesso que, se pudesse, sempre marcaria nossos papos e rolês para fora dessa caixa iluminada que faz lixo. Como se faz lixo por aqui!

Antes de jogar umas perguntas para o pessoal, vou dar uma olhada com cautela. Hum… Nada de mais. Pessoal vestido de festa em dia de semana só para vir ao *shopping*. Chega a ser curioso até a galera que é chamada de "barra pesada" se arrumar para vir aqui. É só sair de perto de casa para pensar que estou em outro mundo. Mal sabem que há um outro mundo em todas as noites de sono...

Ué, tem um cara ali que tá com umas marcas no braço, como se tivesse ralado, caído, sei lá. Hum... Machucados... Outra vez... Tem alguma coisa aqui que não está cheirando bem. Não sei ao certo o que é, mas não vou dar mole como a Anne. Vou ser discreto para conferir se esse cara está sob influência de pesadelos.

— E aí, cara. Você também é do *parkour*, né? Caiu treinando?

— Ah... sim.

Nesse momento, havia uns cinco ali, três caras e duas minas. Mas, logo depois, chegam mais duas meninas e dois rapazes, cada um carregando uma bandeja de plástico com sanduíches, batatas fritas e refrigerantes.

— Alguém chegou mais tarde que o Felipe! Um recorde!

— A gente chegou antes de vocês, mas pegamos um cinema.

— Cinema em dia de semana?

— Claro! É mais barato!

— Assistiram qual filme?

— Aquele de terror, da casa mal-assombrada.

— Ah, fala sério! Esses filmes não prestam. É tudo sempre igual. Um idiota morre logo no início por uma burrada que faz. Acertei?

— Sem essa! O filme que vimos é bom. Tem cenas que assustam de verdade!

Eles não têm ideia do que é um susto de verdade. Parte de mim deseja que eles se recordem do que acontece no mundo dos pesadelos, para pararem de dar bola para esses enlatados de sangue falso, sustos e gritaria. Mas prefiro que eles sigam vivendo no simulacro do que é o terror de verdade.

Aproveito a distração para focar no cara com braço machucado. Vai que descubro algo a mais... Então levanto, sigo na direção do banheiro e, no caminho, dou uma olhadela para a praça de alimentação. Não me surpreendo com o que vejo.

De soslaio, vejo saindo do braço ferido alguns vermes, como os que saíam dos alunos zumbis do pesadelo que tivemos. Quando

5 • *Felipe* • *Na esquina entre a noite e o dia*

voltar do banheiro, continuarei o papo com ele. Se ao menos tivesse mais intimidade com esse cara… Hum, e olhando bem, ele é um gato. Vai que rola algo a mais…

— Você também estuda no Estações, né? É do primeiro ano? – Ofereço uma bala de tamarindo. Ele aceita.

— Ah, sim. Eu costumo ficar na minha lá na escola. – Ele está todo tímido, que fofo!

— Você já ouviu falar em uma "rede", um lance aí com os alunos novatos? – Sim, eu jogo verde para colher maduro.

— Não. Não sei de nada disso não.

— Qual é? Não faz essa carinha de segredo pra mim. – Eu me aproximo e dou um sorriso, para quebrar o gelo. – Vem cá, você é da turma da Bianca? O Flávio, que tá saindo com ela, foi quem me contou sobre a "rede". – Uma mentirinha conveniente, vez por outra, abre portas. — E essa marca aí no teu braço, foi do treino mesmo? – Hora da minha cartada.

— Isso aqui é coisa da rede sim. Mas não se meta com eles. – Ele fala sussurrando e, logo depois, se recompõe. — Sei nada não. E também não conheço esse pessoal que você falou. – Ele se afasta de mim dando um leve encontrão, mas acho que algo deu certo na minha abordagem.

Consigo ver algo além na cicatriz, antes dele escondê-la sob o casaco. É espécie de desenho, uma marca de corte que parece um asterisco. Ao chegar em casa, divido o que consegui com Anne, Sabrina e Lucas. Agora nós temos algo a perseguir: um desenho, um símbolo.

As marcas ganham um contorno.
As pistas começam a ser recolhidas.
Mas a retribuição por parte dos pesadelos é certa.

PARTE 2

A REDE DA DOR

Capítulo 6: Anne

UM POUCO DE SILÊNCIO

As coisas não parecem muito certas para mim. Desde que cheguei ao Estações, convivo com um certo estranhamento. Não sei ao certo como expressar o que sinto. São muitas emoções e experiências ao mesmo tempo. Eu juro que queria esquecer tudo antes de me mudar para cá. As memórias ainda machucam. Gisele…

As pessoas olham para mim e imaginam que sou uma boa moça, quietinha, cara de santa. Tem dias que eu quero que tudo se exploda para ficar em silêncio. Para sempre.

Faz alguns dias que a gente está procurando pistas sobre alunos machucados. Ou melhor, eles fazem isso enquanto eu me protejo, tentando me restabelecer. Meu erro os atrasa, sou um fardo, uma novata. Preciso fazer algo para não ser apenas um peso para eles. Mas isso vai me expor mais ainda. Eu tenho de me fortalecer, mas tenho de agir também.

É tudo tão difícil. Tudo tão confuso.

O Lucas já me ajudou muito a seguir em frente. Se não fosse por ele, não sei o que aconteceria comigo. Sim, a Sabrina é meu ponto de referência, mas o Lucas é... especial. Foram os dois, sobretudo, que me deram certo propósito. Na verdade, eu os considero meus verdadeiros amigos por aqui, sou muito grata a eles. Ainda que tenha sido acolhida por Sabrina no início do ano, são as palavras macias de Lucas que me acalmam. É tão bom estar com ele...

Confiro o celular enquanto espero o lanche. Lucas me enviou um breve poema e um *link* para uma exposição virtual. Troco algumas mensagens e, quando vejo, estou perdida nas galerias de arte de um museu indígena de Goiás.

— Anne! *Milkshake* pra Anne! Quem é Anne? — A funcionária da Gusmão Lanches grita a plenos pulmões.

— Oi? — Sabe quando você se toca que é contigo? — Sou eu! — Sigo ao balcão e pego o meu *milkshake* de coco com chocolate um tanto envergonhada. Pelo olhar dela, fiquei um tempão perdida nos meus próprios pensamentos.

— Você tá bem, menina? Está com olhos fundos, pálida. — O corpulento dono da lanchonete se aproxima, com seu bigode característico.

— Não tenho dormido bem, seu Gusmão.

— Olha, na sua idade, dormir é muito importante! Faz bem pra memória, sabia? Minha sobrinha me explicou. Ela tem a sua idade, já disse isso? — O olhar dele parecia realmente preocupado.

— Ah, sim. Você sempre fala da sua sobrinha, seu Gusmão...

— Não tenho muita paciência para gente que quer me controlar.

— Mas vou prestar mais atenção no meu sono sim, pode deixar. — Visto a máscara de boa menina. Afinal, é o que se espera de mim.

— Muito bem, minha filha. Olha só, e não fique só comendo besteira e tomando *milkshake* não. Você precisa comer comida de verdade, tá bom? Aqui é só pra lanchar.

— Ah, tudo bem. Vou me alimentar melhor também, seu Gusmão.

Pego o *milkshake* e, ao me virar para o lado, noto duas meninas no balcão. Elas têm alguma coisa marcada no braço. Dessa distância não dá para saber se é o maldito asterisco que o Felipe viu. Será que o pessoal que está frequentando a lanchonete também faz parte da tal rede?

Sinto o cheiro de algo estranho naquela conversa.

— Ops, desculpa! — Derramei meu *milkshake* ao lado delas, para me aproximar. Que droga! Um desperdício. Mas um desperdício necessário.

— Você tá louca? — A mais baixa, mas ainda mais alta que eu, se afasta para não ter seu tênis sujado pelo *milkshake*.

— Gente, mil desculpas. Sujei alguém? — Eu sabia que não, mas tinha de parecer que me preocupava. Foi difícil derrubar o *milkshake* sem deixar o copo gigante de vidro cair. Já daria trabalho para o seu Gusmão limpar o chão. Não queria piorar as coisas.

— Aff... Ninguém se sujou. Você tá bem? — A mais alta, de cabelo curtinho como o meu, abriu uma brecha para a conversa. Ótimo!

— Tô sim. Ah, acho que vi vocês no Estações. Vocês estudam lá, né? Sou novata por lá. Queria me enturmar mais.

— Ah, a gente estuda sim. — Consigo ver as marcas. Parecem asteriscos mesmo. Um machucado parece feito com cortes e a outra marca é arroxeada, possivelmente um hematoma.

— Que bom, gente! Vocês são de que turno? De qual sala?

— Menina! Viu só?! Deixou cair porque estava com a fraqueza no corpo. Não estava comendo direito, não é mesmo? Olha só como você está magrinha! Bem que eu notei. — Bela hora para o seu Gusmão se intrometer na conversa.

— Não precisa, seu Gusmão. Eu sou meio desastrada mesmo.

— Na-na-ni-na não! A senhorita vai comer pra não passar mal voltando pra casa.

— Olha, a gente tem que ir agora. Somos do segundo ano, tá? — Ah não, elas não podem sair logo agora! Meu plano não deu certo e ainda joguei o *milkshake* no chão. Não pode ser... Eu faço tudo errado mesmo.

— Pode sentar ali, menina. Eu vou fazer outro lanche pra você. Nada só de doce, vai comer um sanduba caprichado! E fica por minha conta! — Seu Gusmão realmente estava preocupado comigo. — Dênis, vem cá! Faz um lanche completo para a moça aqui enquanto eu limpo o salão.

— Muito obrigada, seu Gusmão. Desculpa por essa confusão.

— Estava sendo honesta, afinal. Não gostei de ter feito o que fiz, causando mais trabalho para ele.

Ué? Aonde as meninas foram? Bastou dar as costas para perdê-las de vista. Que ódio! Cravei minhas unhas nas palmas das mãos de raiva. Se estivesse sozinha, dava um berro agora. Sempre que tento fazer as coisas sozinha, eu não consigo. Eu preciso deixar de ser dependente. Preciso!

Minutos de espera. Culpa. Medo. Desespero. Minha armadura no mundo dos pesadelos é o que desejo ter aqui agora: proteção e imponência. Sou fraca. Eles não estão errados ao me ver como uma menina frágil e meiga. Eu também sou assim. Mas não sou apenas assim. O que será que eu tenho de ser, afinal? É tanta raiva e tristeza misturada que...

As lágrimas são minhas testemunhas...
As lágrimas são minhas cúmplices...
As lágrimas são minha voz.

O redor se transfigura. Sinto meu corpo todo tremer. Na minha mente, aquela figura, aquele asterisco, pulsa junto ao som do pilão batendo. Mas... Eu não estou na escola! Estou na Gusmão Lanches. O que está acontecendo?

As paredes agora parecem o interior de um órgão pulsante. Um vazamento! Só pode ser um vazamento do outro mundo! Já não reconheço ninguém ao meu redor. Há apenas contornos disformes, vultos que me assombram e sussurros que penetram na minha alma e rasgam o meu âmago.

5 • *Felipe* • *Na esquina entre a noite e o dia*

Em pouco tempo, estava enredada em um domínio do mundo dos pesadelos. E o pior de tudo: sozinha. Tudo porque me aproximei daquelas marcas sem estar com a mente completamente curada. Minha culpa, minha culpa. Cada vez que penso nisso, me afundo mais. Não consigo controlar a força de minhas unhas cravando em minhas mãos. Dor. Mais dor.

— Você não está bem mesmo, mas você pode encontrar algo melhor. A gente também se sentia assim. — As duas meninas ainda estão aqui, mas não consigo olhar para elas. Estou prostrada entre elas, dominada. Sinto apenas suas silhuetas ao meu redor. Suas sombras começam a gotejar algo asqueroso sobre meu vestido marrom. Meu corpo não reage. Estou paralisada. A gosma começa a transformar meu corpo em algo cadavérico.

— Alguns chamam de jogo, outros de círculo. Mas o certo mesmo é rede. Quando você passa a fazer parte dela, passa a dividir suas dores. Sua vida fica mais leve. É o que você precisa agora. — Ainda que monstruosamente metálica e dissonante, reconheci a voz da mais alta das duas enquanto tentava achar alguma abertura daquela dimensão bizarra.

— Olha aqui, basta seguir a marca. Faça a marca, sonhe com a marca. Você verá que sua vida não será melhor, mas será tolerável.

— Isso mesmo, tolerável. — A outra menina reforça a mensagem. Quando me pego, minhas unhas cravam mais profundamente na palma de minha mão. Começo a desenhar com sangue. Volta logo, seu Gusmão! Volta logo! Por favor! Eu tô quase entregando os pon...

— Ô, menina! Caiu no sono de fraqueza? Olha aqui o seu lanche. Tá supimpa, né? Caprichadíssimo! Recheadíssimo! Aposto que vai gostar. Se comer tudo, tem sobremesa! — Seu Gusmão é uma mistura de tio do pavê com Papai Noel fora de época. Esboço um sorriso sincero, afinal, ele me diverte. Mal sabia que ele tinha me salvado.

— É, seu Gusmão, acho que cochilei. — Sinceramente eu acho que desmaiei, e isso me causou muito medo, já que minha guarda baixou para os pesadelos. — Nossa, está cheirando bem, hein? — Sinto minha pele encharcada por lágrimas e cada articulação de meu pescoço dói como se tivesse carregado todo o peso do mundo. Abro minhas mãos para secar meu rosto e sinto uma dor profunda. Encontro a pele rasgada e um pouco de sangue.

— Está chorando? Aconteceu alguma coisa? Quer que ligue para seus pais?

— Não precisa, seu Gusmão. Tá tudo bem. Acho que isso foi só o estresse da mudança e do colégio novo.

Quando dei a primeira mordida no sanduíche, lembrei que fazia alguns dias que não fazia uma boa refeição. Tenho de ficar atenta a isso de deixar de comer. Posso me dar muito mal assim, sobretudo sendo perseguida pelos pesadelos.

— Hum... tá bom então. Mas se precisar, pode falar comigo, tudo bem?

— Tá bom, seu Gusmão. Tá bom...

Eu estava fraca, muito fraca, naquele dia. Corria um grande risco. Mas algo positivo aconteceu. Não apenas seu Gusmão, mas Dênis e os demais funcionários da lanchonete passaram a olhar por mim. E isso foi muito bom para seguir investigando no *point* dos alunos do bairro. Sim, eu ia continuar investigando sozinha. Decidi assumir o risco. Não serei a mais nova, aquela a ser protegida apenas.

A partir de então, comecei a frequentar mais a lanchonete. De vez em quando, ia uniformizada mesmo, mas vez por outra levava uma troca de roupas e passava a tarde e a noite por ali. Fazia as tarefas da escola, assistia a séries no celular, lia livros, ouvia música. Por esses tempos, a lanchonete se tornou uma espécie de segunda casa. Pensei que minha mãe reclamaria, mas ela achou que eu estava me enturmando na cidade nova, o que era bom para eu "virar a página", como dizia.

Acontece que me sinto bem mesmo na Gusmão Lanches. O interior da lanchonete não possui cores berrantes, sendo descolada e até um pouco intimista, já que as lâmpadas que iluminam individualmente cada mesa no cair da noite fornecem um tipo de meia-luz agradável à leitura. Ao fundo, rola sempre alguma música ambiente relaxante, algo em que eu não prestava tanta atenção até esses dias de imersão. Gostei daquele tipo de ambiência e cheguei a

5 • *Felipe* • *Na esquina entre a noite e o dia*

perguntar algumas vezes sobre as faixas que tocaram, inserindo-as em minha *playlist*.

As cores terrosas e a presença de madeira e fibras naturais no lugar de plástico brilhante fecham a composição da Gusmão Lanches. Plantas bem posicionadas, um bebedouro público e sinalização minimalista. Detalhes que passaram por mim por muitas vezes, mas que agora fazem toda diferença. Quem seria o responsável por aquela composição?

— Ei, menina! É Anne o seu nome, né? Você está muito melhor que na semana passada. Veja como está mais coradinha!

Se estava mais corada, agora devo parecer um pimentão vermelho. Mas realmente estava me sentindo melhor. Meu sorriso encabulado foi a forma de agradecer ao elogio e ao carinho que Gusmão teve comigo.

Mas eu não sou a única que venho aqui para fazer as tarefas ou passar o tempo. Além de não ser raro topar com cadernos com manchas de *ketchup*, torneios de jogos de cartas, partidas de jogos de tabuleiro e RPG, flertes descompromissados, lágrimas de fim de relacionamento e leitores isolados compõem a paisagem da loja de lanches. Eu me peguei escrevendo sobre o que vejo por aqui e pensei em dividir com o Lucas, mas ele pode detonar minhas crônicas e tenho receio disso. Melhor deixar só pra mim... Não! Tenho uma ideia! Vou postar em redes de escritores com um perfil anônimo. Isso mesmo! Droga! Não aceitam postagens anônimas. Preciso de um nome... um alter ego... Claro, mais óbvio impossível. Uma cavaleira forte e corajosa: Joanna! Hum... Joanna, Jeanne, Anne. Perfil pronto, agora é começar a postar! Será que o Lucas vai descobrir? Acho que ele nem conhece essa rede. Pensando bem, se ele chegar aos textos e comentar que gosta ou não da escrita de Joanna, posso revelar que sou eu.

Nestes dias, observei braços, pernas e pescoços machucados com aquele estranho asterisco. Um ou outro, ao perceber meu olhar, escondia as marcas. Eu tentei me enturmar algumas vezes, mas desconversaram. Apenas aquelas duas meninas, que descobri que se chamam Lúcia e Érica, falaram um pouco mais. Mas dessa vez estava eu estava mais preparada. Ou, pelo menos, pensava que estava.

— Diga uma coisa, o que eu ganho ao entrar na rede?

— Olha, Anne… — Lúcia, a mais alta, disse. — Você vai esquecer toda a dor ao dormir e vai se sentir mais leve.

— Isso mesmo. Tudo vai embora ao dormir. Quando você acordar, vai se sentir muito melhor — complementou Érica.

— Tá bom, vou pensar bem e se quiser entrar, eu falo com vocês. As duas estão sempre por aqui, né? Então, não se preocupem que eu as procuro.

Agora eu tinha certeza de que elas também eram vítimas dos pesadelos. Sorte que estes não as usaram como Bianca e Flávio. Fui mais prudente e não usei meus poderes. Poderia continuar me fazendo de boa moça em perigo e pegando mais informações. Na verdade, tive até um pouco de sorte. Se Bianca ou Flávio estivessem aqui na lanchonete, eles poderiam me atrapalhar. Para quem fazia parte da rede e estava por aqui, eu era apenas uma potencial nova vítima, não uma sonhadora que ameaçava seus planos.

Fui anotando tudo que descobri para passar ao grupo dos sonhadores pelo celular. Algo curioso ocorreu. Lucas notou também que eu estava mais pra cima e me elogiou bastante. Nesses dias em que fui me reerguendo, foi a primeira vez que rolou algo entre nós e… Quem é aquela menina toda de preto ali? Será que ela também faz parte da rede? Nossa, como ela é pálida! Mais pálida que eu quando estava sem comer direito!

— Oi. Está me encarando por quê? — Não deixo de notar seu *piercing* no septo. Acho que ela tem a mesma idade que eu.

— Ah, bem… Oi! É que nunca te vi por aqui.

— Costumo ser discreta, como você. — Sua voz é aveludada e baixa, como a minha, mas um tanto imersa em névoas. Não sei ao certo se ela está me intimidando ou brincando comigo. Meu coração acelera.

— Ah, então você estava me observando antes! — Minha vez de dar um passo à frente.

— Digamos que sou tão observadora quanto você. Aliás, você é nova aqui no bairro, não é mesmo? Prazer, meu nome é Sâmia. — Nossa, o olhar dela me congelou.

— Ah, sim. Cheguei há pouco tempo mesmo. Meu nome é Anne. Vem cá, você já ouviu falar numa tal rede? Aliás, desculpa se estiver sendo muito invasiva. É que eu nunca te vi no Estações também. Você é nova por aqui?

— Eu não estudo no mesmo colégio que você. Estudo no Tamarindo, do outro lado do bairro. E sobre essa tal rede, nunca ouvi falar. Mas fico feliz que você. pareça melhor que nos últimos dias. — Ela fala sem me encarar, bebendo seu *cappuccino* e olhando para a rua, em um movimento descompromissado e misterioso.

— Hã? Você está me perseguindo mesmo, hein? — Solto uma risada para descontrair.

— Definitivamente não. Mas saiba que você não é a única que se preocupa com o bairro. — Ela se levantou após terminar o café e passou por mim como se eu não estivesse ali. Essa menina é muito estranha! Pensando bem, acho que já a vi com a galera que fica na praça nas noites.

Algo positivo. Não notei distorções, pesadelos, rede, asteriscos ou machucados. Ela não é uma zumbi nos sonhos e realmente não parecia saber o que estava acontecendo no Estações. Era apenas mais uma tribo trevosa adolescente. E, pensando bem, eu poderia entrar nessa, não é mesmo? Talvez a procure depois dessa confusão. Acho que vai me fazer bem estender meu círculo de amizades para além da escola. Então, nos despedimos.

Termino a tarefa de geografia antes de assistir a outro episódio de uma série de investigação policial. Ela é meio chata, mas gosto de alguns personagens. Sinto falta de debater as séries com minhas amigas.

O celular vibra. É o Lucas.

— Anne, acabei de confirmar. Tem um pessoal estranho que começou a frequentar a biblioteca. Lembra que te falei? Eles têm machucados também.

— Alguém te notou? — É claro que eu me preocupo com o Lucas. Dói um pouco ficar distante dele, sobretudo agora. — Não minta pra mim, *ok*?

— Sabem que fico sempre por aqui, na biblioteca. Fica tranquila que eu tô me cuidando. E você? Está tão distante por esses dias. Se sente melhor?

— Acho que precisava ter o meu canto fora do Estações, sabe? Escolhi a Gusmão Lanches pra ser o meu canto e, quando me afasto da escola, as coisas ficam mais leves. Tenho até dormindo melhor, sabe? — Minto. Não vou comentar o que ocorreu naquele dia que Gusmão me atendeu.

— Que bom. Mas sinto tua falta no clube de artes. E sua família? Aceita isso bem?

— Eles gostaram do fato de sair do meu quarto. Mas Lucas, voltando ao seu assunto, você descobriu a razão desse pessoal se reunir na biblioteca?

— Pelo que parece, eles querem mais gente para a tal rede. Já perdemos três membros do clube de artes depois que começaram a andar com esse pessoal. Pescam um, pescam outro, algo um tanto bizarro, mas já notei que sempre se aproximam dos cabisbaixos. E a biblioteca é um ótimo lugar para encontrar gente triste na escola. E tem outra coisa também...

— O quê?

— Aqui é mais isolado e silencioso. É onde eles trocam as informações, conversam. Seria muito bom descobrir o que eles pensam.

— Mas é muito perigoso para mim que já estou marcada. Se Bianca ou Flávio estiverem junto deles em algum momento, a gente se dá mal, muito mal, Lucas. Lembra do que o Felipe disse? O Colégio Estações é o grande domínio dos pesadelos, e cada área funciona como um domínio menor. Se a gente for marcado durante o dia, certamente vão pegar a gente quando sonharmos, justo onde houve o trauma. É por isso que, desde aquele encontro bizarro, eu não vou ao banheiro do colégio nem neste nem no outro mundo.

— E vai continuar assim até que a gente acabe com isso, né?

— Dava para notar que Lucas, que costuma digitar mais do que eu, estava um tanto reticente. Eu também queria outra opção, mas agora a gente precisa ir até o fim.

— Até que essa rede bizarra seja destruída, temos de ter muita cautela.

— Anne, amanhã, depois da aula, vamos conversar sobre o que descobrimos até agora e traçar um plano mais efetivo. A cada dia que passa, parece que mais gente entra nessa furada. — Ele nem desconfia que eu mesma quase entrei na rede por um ato de fraqueza. As cicatrizes na palma de minha mão direita são cúmplices.

— Combinado, Lucas. Eu vou. Já estou me sentindo melhor.

— Passo na sua casa mais tarde?

— Hoje não. Tenho umas coisas pra resolver. — Não tenho, mas é importante ter um tempo para si mesma. Sem contar que a Sabrina me deu várias dicas, sobretudo no início de relacionamentos. Nada pior que alguém grudento, e sinto que, se eu der uma brecha, o Lucas não vai sair do meu pé.

Oito e meia. Hoje o dia voou aqui. Quase sempre é nesse horário que volto para casa. Esta noite está realmente bonita. Talvez "Joanna" escreva algo sobre este céu. Hum... Nos últimos tempos, tenho pensado em musicar o que tenho escrito. Será que vai dar certo?

Contorno a praça e vejo ali, sentada no banco de madeira, a mesma menina enigmática que falou comigo na lanchonete. Pálida, vestida de preto, silenciosa, solitária. Aceno. Ela retribui e, por um acaso, a luz da lua pareceu refletir no *piercing* dela de forma um tanto mágica. Acho que Joanna tem uma história para contar.

Mais uma noite bem-dormida, longe do colégio nos pesadelos. Uma manhã rotineira na escola, dezenas de mensagens de Lucas que só vou responder no intervalo, e uma reunião marcada para o fim das aulas.

Sempre que passo pelo pátio, presto atenção a tudo que se move. Tenho medo de topar com Bianca e Flávio juntos e desvio meu olhar da primeira durante todo o dia na sala de aula.

Enfim as aulas terminam e nos reunimos na saída do Estações.

— Anne, nós três topamos com pessoas desta rede, todas com aquelas marcas de asterisco. Eles já estão espalhados por todo o colégio. — Sabrina puxou o assunto sem enrolação, como de costume.

— E fora do Estações também. Eu vi uma galera ferida lá no trabalho e na pracinha também. Bora agir, gente!

— Olha, pessoal, não sei se é uma boa entrar de cabeça agora. Não sabemos quem está por trás disso, né?

— Tá bom, Lucas. A gente vai esperar alguém se ferrar de verdade? É isso mesmo, meu parceiro? — Ninguém segura quando o Felipe está de cabeça quente. — Pessoal, tem muita gente se machucando, se cortando. Isso não é brincadeira não. Pesquisei esse comportamento na internet. Isso é muito sério, é muito grave. Vocês tão ligados que esse lance de mutilação não é brincadeira, né? A gente tem de fazer alguma coisa. Se não tivesse certeza de que era coisa dos pesadelos, já tinha acionado os serviços de saúde, os pais. Vocês querem perder algum amigo?

Aquilo acionou o meu gatilho, o meu medo. Comecei a tremer. Não segurei o choro.

— Felipe, como você é sem noção, cara! — Sabrina deu um grito enquanto Lucas me abraçou. — Aqui, na frente da escola, ninguém vai resolver nada. Todo mundo na minha casa mais tarde, *ok*?

Eu sei que o Felipe não quis me magoar, ele estava realmente preocupado, nervoso. Sei que ele é meio aficionado por dados e deve ter ficado muito preocupado com os casos que encontrou em suas pesquisas. O perdoei assim que ele pediu, mas vai ser difícil falar com ele como se nada tivesse acontecido.

Voltei à minha casa com Lucas, que almoçou comigo e me deu apoio. Foi fofo da parte dele ter desmarcado os compromissos no clube de literatura para passar a tarde comigo.

A rede se alastra.
Precisamos fazer alguma coisa.
Senão nós mesmos vamos ruir.

Capítulo 7: Sabrina

LÁGRIMAS, ROUPA SUJA, FUTEBOL

Ok, eles virão aqui em casa mais tarde. Calma, Sabrina. São só três, gente próxima, amigos que conheço e posso confiar. Deve rolar uma pizza, risadas, descontração, essas coisas. Tudo supernormal para amigos da nossa idade. Uma baguncinha, talvez um *videogame*, um jogo de tabuleiro, um filme superconhecido que já assistimos mil vezes e até decoramos as falas. Esse tipo de reunião é ótimo para relaxar, para fazer a gente ficar mais leve no dia seguinte.

Não para mim.

Nunca gostei de gente entulhada na minha casa, mexendo nas minhas coisas. Pior que, depois de tudo, quem tem de arrumar a bagunça sou eu. Lembro que, desde criancinha, odiava receber colegas para fazer alguma pesquisa da escola. Ninguém fazia nada, queriam apenas brincar, correr, futucar minhas coisas. No fim, eu me estressava e acabava fazendo a tarefa praticamente sozinha. Relaxar? Como dá pra relaxar com tanta gen...

— Oiê, Sabrina! — Eu deixei a porta aberta?

— Oi, Anne, tudo bom? Nossa! Você chegou cedo!

— Cedo? São oito da noite. Cheguei na hora combinada.

— Já são oito horas!? Nem senti o tempo passar! E agora?

— Agora o que, Sabrina? Que cara de aflição é essa? Aconteceu alguma coisa? Rolou algo com "a rede" que a gente não saiba? Por que você não avisou por mensagem?

— Não, Anne. Esquece.

— Você está escondendo algo de mim, né? Vai continuar me tratando como a mais nova do grupo?

— Três coisas, Anne. Primeiro, a gente sempre esconde algo dos outros. Você mesma esconde seus sentimentos de todo mundo. Quando vamos para o mundo dos pesadelos, dá pra notar as camadas que você oculta de quem não te conhece. Mas fica tranquila porque já está tudo arrumado por aqui. Segundo, você realmente é a mais nova. E é por isso que me sinto responsável por você e por todo mundo no colégio. Afinal, é o que se espera da presidente do grêmio. E terceiro, não sei nada além do que vocês descobriram sobre a rede. Estamos aqui para conversamos sobre o que vamos fazer a partir de agora.

— Nossa, Sabrina, precisava ser ríspida assim? — Anne desvia o olhar e se perde no aquário gigante da minha sala de estar.

— Eu não fui ríspida. Sou apenas direta, sem floreios. Você me conhece bem. Quer beber algo?

— Não, obrigada.

— Ih... Vai ficar emburrada agora? — Fechei a porta e deixei ao lado do sofá onde ela sentou com um copo d'água e com uma tigela com biscoitos.

Nada é pior do que o silêncio da Anne. Ela se torna um enigma difícil de decifrar. Sinto que, a qualquer momento, ela pode explodir em uma tempestade furiosa. Não quero estar por perto se isso acontecer.

— Salve, galera! O reforço chegou! — O Felipe continua com o costume de não tocar a campainha.

— Já vou, Felipe!

— Oi, Sabrina. Tava vindo pra cá, então o Felipe encontrou comigo no caminho. — Lucas parecia ter se arrumado para uma entrevista de emprego. Aliás, acho que hoje em dia nem é necessário se arrumar de um jeito tão formal assim.

— Podem entrar, gente, a Anne já chegou.

Enquanto eles se acomodavam na sala, dei um pulo na cozinha para pegar mais petiscos e suco de goiaba. Quando voltei, topei com os três jogando *videogame*.

— Oi, gente. Vou deixar os lanches aqui.

— Sai da frente, Sabrina! Eu vou acabar com o Luquinha agora!

— Vai acabar nada! Você só ganhou a primeira porque eu vaci... Ei, Felipe! Olha a Anne correndo por fora!

— A-ha! Venci! Vocês ficam brigando por aí e eu me dou bem com isso!

— Assim não vale, Anne! Quero uma revanche agora!

Tudo bem, tenho de me render. Aquele jogo é divertido. Uma série de *minigames* competitivos. Acho que vou jogar um pouquinho também. Mas só um pouquinho mesmo. A gente se reuniu para conversar sobre algo sério. Não podemos perder muito tempo jogando *videogame*.

Onze da noite. A casa é tão grande que meus pais circulam pelos outros cômodos imperceptíveis a quem segue jogando. Neste ponto, meus pais são legais. Nunca interferem quando chamo meus amigos aqui.

— Galera, vamos pedir uma pizza! Já tá ficando tarde e o estômago tá roncando demais! Que tal uma de quatro queijos?

— Boa, Felipe! — Falei sem nem olhar para o lado. Eu sou muito competitiva e estava a poucos pontos de vencer mais uma partida.

— Que tal meio a meio? Metade quatro queijos e metade marguerita?

— Ah, Anne. Marguerita não tem gosto de nada, né?

— Como assim não tem gosto de nada, Lucas? É bem gostosa. Marguerita e tomate seco as melhores pizzas.

— Prefiro tomate seco. Que tal?

— Beleza, Lucas. Quem perder essa partida liga pra pizzaria! — Amo criar desafios.

Felipe perdeu dessa vez e, ainda que seja quase tão competitivo quanto eu, encarou super de boa, algo que eu nunca faria. Ele puxou o celular e ligou. Pouco tempo depois, a pizza chegou e começamos a comer. Foi quando notei que era quase meia-noite e não tínhamos resolvido nada.

— Pessoal! Precisamos conversar. Olha só que horas são!

— Calma, Sabrina. Curte a pizza aí. Relaxa, miga.

— Calma? Como assim calma? Você tá me tirando, né, Felipe? A gente não falou nada sobre a "rede", sobre os hematomas e autoflagelações. Como você pode ficar tão tranquilo com isso tudo acontecendo?

— Aff! Lá vai ela se vestindo de ignorância outra vez. — O sarcasmo da Anne me irrita tanto, mas tanto!

— É melhor você ficar na sua senão...

— Senão o que, Sabrina? Acha que a gente é sua marionete? Você tava curtindo o jogo também! Para de dar uma de mandona. Não precisa provar nada pra ninguém não. — Lucas se colocou entre nós apontando o dedo para meu rosto. Não pensei duas vezes e joguei o copo de suco na cara dele.

— Parou, parou, parou. — A mão de Lucas passou rente ao meu rosto, mas, de uma forma estranha, eu me afastei. Só notei que o Felipe tinha me puxado para trás pela cintura segundos depois. — Vamos acalmar os ânimos agora! Todo mundo quieto e comendo. Depois da comida, a gente conversa. Alguém precisa acordar cedo

7 • *Sabrina* • *Lágrimas, roupa suja, futebol*

amanhã? Não. É sábado e todo mundo acorda mais tarde. Então a gente pode conversar sim, sem problemas. O importante agora é comer a pizza. Rachei o preço de uma pizzaria cara com meu salário e não vou jogar essa oportunidade fora. Vamos nos acalmar, aproveitar o momento. Há menos de vinte minutos, tava todo mundo se divertindo. Vocês tão ligados que é isso que os pesadelos querem, né? Que a gente se descontrole.

— *Ok*, Felipe. Você tá certo. Pode me soltar.

Anne foi com Lucas ao lavabo e notei que a blusa dele estava bem manchada pelo suco de goiaba. Eu me senti horrível naquela hora. E se tem algo que odeio é o remorso. Vou remoer isso por dias.

— Não vai não, Sabrina. Todo mundo está uma pilha de nervos com o que está acontecendo. Se você for tomada por esse tipo de sentimento de culpa, nem vai conseguir entrar com a gente no mundo dos pesadelos. E o pior, vai ficar mais fraca aqui, se tornando uma presa fácil para entrar na "rede". Eu mesma estava quase caindo nela, por entrar em uma espiral de rancor e tristeza.

Ouvindo meus pensamentos de novo, Anne?

— Isso mesmo. De volta à ativa. Afinal, você não diria nada pra gente. — Enquanto os demais não conseguiam entender nosso diálogo, já que apenas ela falava, pude notar o fone no ouvido esquerdo de Anne.

Comemos em silêncio, como se estivéssemos em uma espécie de ritual. Nós nos entreolhamos, os batimentos cardíacos reduziram. A pizza estava boa e o som suave do *videogame* em tela de pausa ao fundo criava um clima bom. Lucas e Anne trocavam algumas carícias, e Felipe vez por outra fazia uma pequena brincadeira, como pegar a mesma fatia que Lucas pegou. Pouco a pouco, a poeira baixou e, de uma forma muito estranha, as paredes da sala pareciam ganhar as cores originais. Quando elas ficaram mais escuras?

— Foi mal, pessoal. Eu tô muito nervosa com tudo o que tá acontecendo. Já foi chato falar com meus pais sobre nossa reunião, já que insistem que estou perdendo o compromisso com os estudos.

— Beleza, chefinha. A gente já entendeu. — Felipe falou de boca cheia, aproveitando para fazer um som engraçado, para aliviar a tensão.

— Não, Felipe. Não tem de ser só assim. Tenho de pedir desculpas para cada um. Eu explodi em relação ao Lucas há pouco, fui agressiva com a Anne, nem me toquei que o lanche seria caro e que você provavelmente está cansado depois de um dia de trabalho lá no mercadinho. Passei por cima de todos com meu orgulho. E, de certa forma, não acho que o que os pesadelos estão fazendo justifique tudo o que fiz. Por isso tenho de pedir desculpas individualmente. Eu poderia estar mais próxima da Anne quando ela passou as tardes sozinha. Também poderia ser mais presente nas investigações que Lucas e Felipe fizeram, um se expondo dentro do próprio colégio e o outro com as gangues aqui do bairro. Mas eu estava tão centrada nas minhas atribuições que fui a que menos se arriscou. Vocês têm mais informações até agora e eu estava com uma postura tão autoritária que não enxerguei que eu praticamente não fiz nada. E Lucas, vou pegar uma camisa do meu pai para você trocar. Deixe a sua camisa aqui, vou lavá-la. Entrego na segunda na escola.

Subi, peguei uma camisa e voltei à sala. Enquanto isso, Anne desligou o *videogame*, Lucas foi ao lavabo novamente e trocou a blusa, que ficou um tanto engraçada por ser bem maior que ele. Peguei sua camisa e a coloquei imediatamente na máquina de lavar.

O som da máquina de lavar batendo a roupa nos lembrou do socador de carne no mundo dos pesadelos. Não foi preciso dizer nada: Felipe mexeu em seu celular e deixou umas músicas animadas tocando, sufocando o som que nos lembrava o desespero. Pouco a pouco, recuperamos nossa sinergia. E ali, no detalhe do fim da noite, no queijo derretido, um sorriso escapou junto a uma lágrima de felicidade que não deixei ninguém ver.

Nos momentos que seguiram, eu me reencontrei. Minhas palavras recuperavam a energia, mas uma energia que foi dividida por todos. Os olhos de Anne voltaram a me admirar, e o brilho desse tipo de olhar me faz seguir em frente. Felipe pregava peças no Lucas, que tentava se esquivar das cócegas sem sucesso. Enfim, comemos a pizza enquanto voltávamos a ser nós mesmos. E como isso é bom!

— Acho que todo mundo já notou que estamos em uma situação limite. A gente precisa acabar de uma vez por todas com essa rede. Tudo está ficando perigoso demais.

— Certo, Sabrina, mas não tenho certeza se temos as informações necessárias para avançar. Parece que enxergamos apenas a ponta do *iceberg*.

— O que você quer dizer com isso, Lucas? Pra mim está bem claro. Há pesadelos que estão influenciando gente a se machucar. A gente acaba com a fonte disso e pronto. Alguém me passa outra fatia de pizza?

— Aqui, Felipe. Quer mais suco? — Anne se virou para Lucas e segurou uma risada por vê-lo em uma blusa gigante. — Lucas, parece que você está cauteloso demais.

— Mas ter um pouco de calma é importante, Anne. Quando disse que a gente está em uma situação limite, não quis dizer apenas em relação ao que está acontecendo no nosso mundo, mas também sobre nós mesmos. Vocês já notaram que estamos uma pilha de nervos?

— Hum... Acho que tô sacando a preocupação do Lucas. Valeu pela pizza e pelo suco, Anne! — Felipe faz um cafuné em Anne, que retribuiu com um sorriso.

— Exatamente, Sabrina. Estamos nos expondo às influências dos pesadelos. Já notaram que não estamos sonhando como de costume?

— Eita. É verdade, cara! — Felipe se engasgou com a constatação e tomou um pouco de suco para conseguir engolir a fatia de pizza.

— Desde quando começamos a ter o sonho com os pilões, tivemos o mesmo pesadelo por algumas vezes, ficando cada vez mais difícil de fugir da horda de colegas zumbis. Além disso, o colégio do pesadelo está ficando cada vez mais hostil. Notaram que, mesmo sem a gente notar, passamos a optar por não irmos ao mundo dos pesadelos nos últimos dias?

— Instinto de sobrevivência. Eu não ia para me recompor, e vocês, por reflexo.

— Exatamente, Anne. E o que isso gera?

— Já entendi, Lucas. Quanto mais a gente se envolve com essa rede por aqui, mais hostil é o mundo dos pesadelos. É como se eles estivessem se protegendo... — Tomei uma fatia de marguerita para mim. — Chega a ser estranha essa comparação, mas é como se os pesadelos protegessem o domínio que estavam conquistando e expandindo... No caso...

— O medo e a dor dos alunos dentro e fora do colégio — concluiu Anne.

— Saquei, então, quando ficamos apenas por aqui pra nos protegermos, passamos a dormir sem sonhar e demos campo para os pesadelos.

— Dar campo? Como assim, Felipe?

— Dá pra ver que você não saca nada de esportes, Lucas. Deve ser um perna-de-pau jogando bola. Quando você está jogando, não pode recuar quando o outro time ataca. Você precisa combater, fechar os espaços. Quando você recua, dá campo para o outro time armar o ataque. Sacou? — Felipe falava e marcava com a faca a caixa da pizza, como se fosse um técnico de futebol explicando táticas.

— Nossa, é exatamente isso que está acontecendo, Felipe!

— Então a gente precisa contra-atacar, né?

— Acho que sim, Anne. E pra mim, tudo tem de começar no mundo dos pesadelos.

— Claro! Lá é o campo deles. É muito difícil fazer um gol chutando do nosso campo. — Felipe insistia em sua comparação com esportes.

— Não entendi direito essa parte. — Lucas coçou a cabeça e, um tanto desastrado, quase derrubou o copo de suco. — Sorte que percebi que isso ia acontecer e aparei o copo antes do desastre. Realmente fica mais fácil de usarmos nossos poderes quando estamos mais tranquilos...

— Aqui, Lucas. — Anne puxou a caixa de papelão riscada pelo Felipe. — Imagina que esse lado do campo é o mundo dos pesadelos. Agora não tem ninguém lá, certo?

— Certo.

7 • Sabrina • Lágrimas, roupa suja, futebol

— A gente nem sabe onde é o gol, mas sabe que são os pesadelos que influenciam o nosso mundo. Chutar daqui para o gol no outro mundo é muito difícil. A gente precisa atacar no campo deles. Entendeu?

— Saquei.

— Então pega essa fatia pra você, fofo. — Anne deixou Lucas vermelho ao ser servido na boca. É claro que Felipe não poderia deixar a oportunidade de brincar com ele, fazendo-o engasgar.

— *Ok*, pessoal. Mas, para atacarmos, precisamos roubar a bola. A gente está aqui, só na defensiva, não podemos fazer um ataque de qualquer jeito.

— Continue, Sabrina. — Anne ainda ria um pouco da cena de Lucas e Felipe, mas se virou para mim.

— Sugiro que investiguemos mais um pouco, mas que tracemos um plano para, depois de mais informações, entrarmos furtivamente no mundo dos pesadelos, para descobrirmos onde é o tal gol que vocês falaram.

— Explica melhor, chefinha. Por que a gente não entra logo e acaba de vez com o problema? Vamos roubar a bola e contra-atacar com tudo!

— Nada disso, Felipe. Quem garante que não é exatamente isso que os pesadelos querem? Talvez eles estejam se preparando lá para um ataque nosso, já que sabem que já estamos cientes do que estão fazendo por aqui.

— Desculpa, Sabrina. Foi culpa minha eles saberem de nós.

— Minha vez de falar para não se sentir culpada, Anne. Podia ser com qualquer um. — Lucas deu um abraço carinhoso em Anne nesse momento. — Continuando, se o Lucas estiver certo, e sinceramente eu acho que ele está, as pistas que temos são insuficientes para que localizemos o foco, o ponto central da ação dos pesadelos por aqui. É isso que entendi sobre o *iceberg*.

— Mas eu pensei que, pra gente descobrir o que está abaixo, precisaríamos entrar no mundo dos pesadelos. Não é assim que a gente sempre faz?

— Sim, Lucas. Mas o caso é um pouco diferente dessa vez. É uma rede, não uma pessoa. E parece que estamos lidando apenas com capangas, pessoas que estão a serviço de alguém. As nossas perguntas para as pistas estavam erradas até agora. A gente queria saber o que está acontecendo, mas temos de perguntar como as coisas estão acontecendo para chegarmos a quem é o ponto de contato dos pesadelos aqui no nosso mundo. Podem ser professores, alunos, até mesmo gente do lado de fora da escola que está usando sua influência para mexer na mente dos alunos. Em outros termos, precisamos armar nosso contra-ataque conhecendo o campo e o time adversário.

— Acho que entendi, Sabrina. Mas como a gente vai responder a essas perguntas? No final das contas, a gente não vai se expor?

— Olha, Felipe, acho que a gente tá aqui pra conversar um pouco sobre isso. Todo mundo leu as mensagens? Parece que a rede está se expandindo e aliciando mais gente. Se infiltrar para pegar essas informações me parece um ótimo caminho. E, pensando bem, a gente já está infiltrado. Você é o descolado de nós e tem os contatos com a galera. Já você, Lucas, pode usar o clube de artes e a própria biblioteca para se enturmar mais.

— Mas Sabrina, todo mundo do clube de artes está saindo!

— Justamente. Aproveite isso. Feche o clube de artes por um tempo.

— É o quê!? — Lucas arregalou os olhos.

— Um blefe, Lucas. Não se preocupe. A gente vai fingir fragilidades para que os pesadelos afrouxem um pouco o jogo deles. Eles vão achar que estão nos vencendo, mas vamos fingir que estamos fracos, para pegarmos mais informações sobre a infiltração dos pesadelos no nosso mundo.

— Boa, chefinha! Então a gente vai interpretar que está entrando no jogo deles. Agora saquei!

— Mas isso é muito arriscado, Sabrina! — Anne apertava suas mãos.

— É por isso que a gente precisa se apoiar, fazer mais esse tipo de coisa aqui. Confesso que não curti muito a ideia de abrir a minha casa pra essa bagunça toda. Só que, depois de horas com vocês, consegui compreender que é essa a nossa força. Esse tipo de alívio, de risadas frouxas, tira o peso dos ombros e faz a gente se sentir mais forte. Eu mesma acabei de notar isso quando usei meu poder para segurar o copo do Lucas.

— Você usou um poder? Eu nem percebi! — Poucas vezes vi os olhos de Lucas tão esbugalhados.

— Ué, eu não sou tão ágil quanto o Felipe, apenas prestei atenção a todos os detalhes da tua ação e antevi os movimentos — falei enquanto tirava a roupa da máquina de lavar. As pizzas já tinham sido devoradas e a madrugada avançava.

— Curti essa ideia, Sabrina, mas não acho prudente expor a Anne novamente. Ela acabou de sair de uma situação complicada. — Felipe assumiu um tom sério e desligou as músicas do seu celular.

— Concordo com o Felipe. — Lucas assumiu uma posição protetora e deu para notar que Anne curtiu um pouco isso. Ainda que não goste nem um pouco de ser tutelada, a preocupação era legítima e não a inferiorizava.

— *Ok.* Anne e eu vamos atuar como suporte nesta parte da investigação. Contem comigo para mexer os pauzinhos dentro do colégio. A Anne pode atuar mais fora da escola, já que consegue ouvir bem os perigos das ruas e tem circulado bem por estes dias.

— Dei uma piscadela pra Anne, e ela retribuiu.

— Perfeito. Já temos um planejamento. E isso é ótimo. Vamos buscar o "como" para chegar no "quem", correto? Que tal focarmos na origem dos hematomas e nesse estranho asterisco que foi visto algumas vezes?

— Concordo, Lucas. Mas acho que a gente precisa atuar também no mundo dos pesadelos. Que acham? Vamos entrar por lá e sondar as coisas, mas fugir quando as coisas apertarem. Daí os pesadelos vão achar que estamos receosos, com medo, prontos a desistir a qualquer momento.

— Ótimo, Felipe! Acho que a gente pode fazer isso agora, inclusive. Vocês sabem que meu quarto é grande o suficiente para todo mundo. — Sou eu mesma? Estou falando para eles dormirem no meu quarto assim, tão facilmente?

— De boas, chefinha.

— Eu… eu não falei com minha família. Tenho de ligar pra eles.

— Fale que é melhor dormir aqui que voltar pra casa.

Pouco tempo depois, estávamos novamente no mundo dos pesadelos. Será mesmo que estávamos apenas representando o medo que tínhamos?

Laços foram reforçados, o plano foi traçado.
É hora de recuperar a bola e contra-atacar.
A rede que nos espere.

Capítulo 8: Felipe

PIRÂMIDE DE MENTIRAS

Como eu comi naquela noite! Não sou de me entupir, mas aquelas pizzas estavam simplesmente divinas! Ainda bem que nem passou pela minha mente se eu passaria mal por tanto comer ao ir para o mundo dos pesadelos.

Antes de a gente dormir, a Anne pediu um antiácido para Sabrina e eu tive de dar aquela explicada marota sobre como ele funciona no nosso corpo. O Lucas acha que eu fico só me mostrando, mas só quero dividir o que sei. *Ok*, de vez em quando eu me empolgo. Se me deixassem, eu ficaria falando de pH, metabolismo e digestão por horas. Demoramos a pegar no sono. Barrigas cheias, corpo trabalhando, mente repleta de pensamentos e um tanto das emoções ainda à flor da pele.

— Nós somos como um barco. Quando estamos acordados, ficamos presos a um porto, enxergando o litoral de uma forma bem peculiar. De um lado está a terra, a segurança, o que é firme. Do outro lado, a gente vê o mar, o horizonte, o ponto distante que mistura nossos desejos e medos. Quando a gente vive, navegamos e aportamos várias vezes, numa viagem entre apostar no incerto e se manter firme, sem ver além.

— Você tá viajando, Lucas. Mas curti essa ideia. Continue.

— Quando sonhamos, estamos livres da âncora da realidade e, de alguma forma, a experiência mexe com a gente quando acordamos. Mas poucos são os que não ficam à deriva, ao sabor do vento, sendo levados pela correnteza. Alguns, talvez por naufragar tantas vezes, ou por ter mais medo da terra da realidade que do mar dos sonhos, sabem navegar e assumem o timão durante as viagens pelos oceanos dos sonhos. Estes são sonhadores, aqueles que conseguem sentir o cheiro da maresia a quilômetros de distância do litoral.

Lucas falava enquanto Anne brincava com seus cabelos. A cama da Sabrina é tão grande que todos nós estamos deitados confortavelmente aqui. Acho o colchão macio demais, talvez acorde dolorido. Lucas continua o papo filosófico.

— O mar como lugar de projeção dos medos não é algo comum. Monstros e povos estranhos, civilizações subaquáticas, tormentas e naufrágios sem explicação. A gente usa "mergulhar", "profundo", e tantas outras palavras para falar de mente, memórias, traumas etc. Isso não pode ser coincidência.

— Mas, Lucas, isso é muito idealista. O mundo dos pesadelos pra você é uma espécie de invenção coletiva da gente mesmo. Eu não concordo com isso. Aprendi com outros sonhadores que os pesadelos são forças que já estão lá. São monstros, são coisas que atacam a gente.

— E quem disse que não são, Sabrina?

— Pensa comigo, Lucas. O mar e as profundezas não são apenas coisas de que temos medo. A gente quer investigar, tem curiosidade. Você acha que a gente vai ao encontro disso?

— Somos contraditórios, Sabrina. Não é algo simples assim, uma cruzada contra os maus.

— Qual é, Lucas? Você sempre sai com essa visão relativa das coisas.

— Eu diria poética, Felipe.

— Que seja. Eu também não concordo totalmente com o que o Alex passou para mim e para Sabrina. Isso de ver o mundo dos pesadelos com algo perverso a ser combatido não faz sentido para mim. Mas eu quero saber mais sobre o que você acha.

— Sobre essa relação entre lá e cá, penso que quanto mais significativa é nossa experiência em terra firme, ou seja, quando estamos acordados, mais difícil é topar com os *krakens* e sirenas do mar dos sonhos. Os pesadelos que a Sabrina encara como monstros são atraídos pelos mais frágeis. E, para mim, a fragilidade é a ausência de criatividade. É quando paramos de fabular, imaginar o nosso futuro, é quando ansiedade e medo tomam conta da gente. Pouco importa saber quem veio antes, o nosso mundo ou o mundo dos pesadelos, mas os dois se relacionam, se complementam. Ora o futuro se abre, ora parece se fechar. O mundo dos pesadelos para mim é o mundo das narrativas, das possibilidades das histórias que imaginamos. É como um grande universo ficcional partilhado. E, sinceramente, penso que os sonhos bons, futuros bonitos também fazem parte do que a gente chama de mundo dos pesadelos. Mas a gente só age nas crises, insiste nessa visão binária das coisas. Por isso que a ambiguidade do mar é importante. Ele guarda os monstros, novas terras, traz ondas e brisas, visitantes e novidades. E o mais poético: o horizonte é o mais amplo, o mais aberto. É a incerteza que convida ao futuro.

A conversa já invadia a madrugada. O sono começava finalmente a chegar. Anne deu um longo bocejo antes de falar.

— Eu não acho que o mundo dos pesadelos seja invenção da nossa cabeça como você, Lucas. Mas não acho que são monstros também. Os pesadelos são forças maiores, além da nossa compreensão. Talvez tenham existido antes de nós. É o que uns podem chamar de deuses, sabe? E eles não são bondosos. Pra mim, os pesadelos ficam nos provando, talvez por puro prazer. Os sonhadores, ao lidarem com os medos, roubam um pouco da essência destes seres. Por isso que nos perseguem.

— Isso parece religioso demais pro meu gosto, Anne. Dá pra imaginar a gente como os santos, ou melhor, anjos caídos, e o mundo dos pesadelos como um purgatório, ou até mesmo o inferno. Que bizarro.

— É assim que eu penso, Sabrina. Só que não é preciso morrer para ir até lá. O inferno já está aqui, pronto para nos tragar durante as noites.

— Que medo, Anne! Lucas, cuidado com essa mina, hein? — Tinha de quebrar um pouco o clima pesado na fala da Anne. De vez em quando ela nos assusta.

— E você, Felipe, o que acha do mundo dos pesadelos?

— Para mim, a física dá conta, sem floreios, sem firulas. O mundo dos pesadelos é um universo paralelo que, de alguma forma, se relaciona com o nosso.

— Simples assim, Lipe? Um pouco sem graça.

— Pelo contrário! Para mim é fascinante. Imagine quantas outras realidades devem existir? A gente só precisa saber como acessá-las.

— Interessante, Felipe. Fale mais.

— É estranho pra caramba, Anne. Já notou que somos meio diferentes quando sonhamos? Somos nós, mas, ao mesmo tempo, somos outras pessoas. Pense neste alter ego como uma versão alternativa de você sob as regras desta outra dimensão.

— As personas são sempre assim. Elas revelam o que a gente quer ser, o que a gente nega, o que a gente está descobrindo. Por isso que é difícil guardar segredos quando assumimos nossas personas. Entendeu porque acho que o mundo dos pesadelos é uma ficção que a gente cria?

— Lucas, acho que quando uma persona é muito diferente da gente, é mais fácil de interpretar assim. Olha a Anne, por exemplo. Ela é quieta aqui e toda ativa no mundo dos pesadelos. A Sabrina também, já que é bem quietinha e sorrateira nos sonhos. Pra mim é difícil porque sou bem parecido no jeito de ser aqui e lá.

8 • *Felipe* • *Pirâmide de mentiras*

— Mais ou menos, né, Felipe?

— Como assim, mais ou menos?

— Ué, você acha que eu não noto você todo sorridente e pra cima, sempre com esse sorriso no rosto e descontração pelo colégio? Eu percebo que você faz isso pra ocultar suas fragilidades, algo que fica claro quando sonhamos. Quando a gente vai pro mundo dos pesadelos, parece que consigo te ver de verdade. Você chora, se emociona, não precisa ficar pagando de gostosão sem defeitos. Na verdade, eu acho que você cria a ficção de si mesmo no nosso mundo. A sua persona é esta que você assume aqui, e o seu verdadeiro eu está lá.

Pronto. O Lucas me desconcertou com aquele papo. Perdi o ar por ter me notado e gostado logo da minha face mais... Como posso dizer... Emotiva. Ai, ai, olha eu flertando com os novinhos de novo.

Enfim, dormimos.

Naquela noite, começamos a por nosso plano em prática. Fingimos temer os pesadelos e fugimos. Atuamos bem, começamos a notar que mais alunos se uniam aos zumbis. Sabrina notou que os espectros eram um nível de hierarquia acima dos mortos-vivos. Eles recrutavam os mais novos e chegavam a manifestar algo como os nossos poderes. Não que tivessem o controle de suas ações, já que parecem sem alma, sem razão. Eles parecem ocos, isso sim. Ocos.

Para além do que acontecia durante os sonhos, cada um de nós passou a seguir o plano que Sabrina dividiu no café da manhã de sábado. Lucas investigaria no colégio, sendo apoiado por Sabrina, e eu cairia nas ruas sempre que possível, quase sempre depois do expediente no mercadinho.

Esperta que só, Dona Sueli notou que fiquei um tanto inquieto durante o expediente.

— Vem cá, Felipe. Você parece um pouco preocupado. Está acontecendo alguma coisa? — Na tarde de quinta-feira, durante o recebimento da carga de produtos de limpeza, ela puxou assunto enquanto equilibrava umas cinco caixas.

— São as provas chegando. Sabe como é.

— Não me enrola, garoto. Tem alguma coisa por aí. Uma namoradinha ou um namoradinho? — Senti minhas bochechas queimarem. Lucas não saía da minha mente. — Não precisa esconder as coisas assim não. Se precisar conversar, estou aqui pra isso.

— Ah, Dona Sueli. São só as provas mesmo.

— Tem certeza? — Tudo bem. Acho que posso confiar de algum jeito nela.

— Então, Dona Sueli. Tem um monte de caô rolando dentro e fora do Estações. Daí tô tentando sacar qual é. E, tipo, são umas tretas cabulosas, saca? Não tem como não ficar pilhado quando tem um lance pesadão assim no esquema. Aí é meio difícil de brisar, né?

— O quê? — Ela não é muito boa com gírias.

— Estão rolando uns problemas com a galera "jovem" — fiz questão de enfatizar a palavra para dar uma gastada de leve na Dona Sueli — e isso tá mexendo com a minha paz. Coisa que envolve a galera do colégio que se reúne naquela praça ali de trás.

— Ah… Coisa de jovem… — Ela parou pensativa enquanto descansava por carregar duas caixas repletas de sabão em pó. Então limpou o suor da testa com um lencinho bordado e me fulminou com uma pergunta. — É droga, né?

— Que isso, Dona Sueli! Não mexo com isso não.

— Fica tranquilo, Felipe. Não tô dizendo que você usa. Mas não precisa achar que é o fim do mundo se algo assim estiver acontecendo. Ou você acha que no meu tempo não tinha droga? Bebida é um tipo droga, né?

— É, mas também não bebo.

— Não bebe? Você sempre tá com aquele pessoalzinho barra pesada!

— Barra pesada o que, Dona Sueli? Minha galera é mó de boas. A gente nunca fez nada de errado. Fica só ouvindo um som e conversando na praça.

— Pelo menos isso. No meu tempo, não podia ficar conversando assim não. Muita gente junta era problema, sabe?

— Pelo que tô vendo, esse tipo de pensamento tá rolando hoje de novo, né?

8 • Felipe • Pirâmide de mentiras

— Ah, mas a gente nunca sabe o que esses jovens estão fazendo. Já pensou se acontece alguma coisa com vocês? Pelo menos você trabalha, estuda. E esse pessoal? — Muita gente trabalha e estuda também, Dona Sueli. E vou te falar, muita gente, como eu, faz isso pra tirar um troco porque precisa, não porque gosta. O jeito que você tá falando parece que trabalhar é uma dádiva, uma coisa excelente. — Nesses tempos que a gente vive, é sim né? Tanta gente não tem emprego. — Ela me pegou. Isso é verdade. Pensei que o golpe vinha de um lado, mas ela me atingiu de outro. — Meu filho, melhor a gente parar o assunto por aqui. Você tá muito na defensiva. Eu posso ter a cabeça mais velha que você. O mundo em que vivi foi muito mais quadrado e cheio de problemas que o seu. Mas não significa que eu fiquei parada no tempo. Se eu falei do seu pessoal na rua, é porque estou preocupada com as pessoas, e não com o que vão fazer. O mundo em que a gente vive também é bem quadrado e vocês são perseguidos por qualquer motivo, por isso minha preocupação. Sei que você tem seus problemas, que eu não vou entender muita coisa que está acontecendo contigo e com seus amigos, mas não me julgue também. As coisas na vida não são simples e a gente se perde quando simplifica o que é complexo. Você vai ver que nem mesmo as decisões que tomamos são fáceis. Muitas escolhas que tomamos parecem erradas à primeira vista, mas quando a gente se afasta e olha para o todo, nota que teve de fazer aquilo para acertar. O que quero que você saiba é que posso parecer uma velha ranzinza, e, de certa forma, sou sim, pelo meu jeitão mesmo. Mas não me tome pelo pacote inteiro de uma velha chata. Não me julgue pelo que outros acham de mim, pois o que faço, as minhas escolhas, sempre foram difíceis. Sabe, Felipe, eu te vejo como um garoto completo, não como um rótulo. Então não faça a mesma coisa comigo, tá bom?

— Tá bom, Dona Sueli. E desculpa aí, valeu? — Engoli em seco a lição de moral gratuita da tarde e senti o peso das caixas de amaciantes e detergentes nos braços como o peso das palavras dela ecoando na minha cabeça. — A senhora é meio "pra frentex", né? Eu consigo ter um papo contigo que não tenho nem com meus pais.

— Então você não fala muito com seus velhos. — Ela me passou um copo d'água enquanto descansávamos um pouco.

— É. Esse tipo de visão que você tem das coisas eles tão longe de ter.

— Então o que está acontecendo está afetando os seus amigos, e seus pais provavelmente nem sabem disso, correto?

— Uhum. Mas, de uns dias pra cá, as coisas tão melhores. Agora a gente tem um plano.

— A gente?

— É que tenho um grupo de amigos mais próximos, pessoal do colégio, sabe? A gente tá junto tentando resolver a treta. Digo, o problema que está rolando com a galera.

— E que problema é esse?

— Ih, Dona Sueli. Vou te falar, mas não conta pra ninguém não. Tudo bem? — aproximei-me e toquei as mãos dela. Olhei para os lados, relaxei um pouco e falei, olhando no fundo dos seus olhos.

— Há umas gangues rivais se formando. Vira e mexe rolam umas pancadarias. Umas coisas um pouco complicadas. A senhora deve ter ouvido que até usam a internet para marcar esse tipo de confusão, né? Eles criam eventos em redes sociais para isso, daí vira e mexe rolam umas trocas de socos. Acontece que eu falo com todo mundo, a senhora sabe bem. Tenho até uns interesses em grupos diferentes. Sou descolado, você sabe. Daí que essa galera tá se agredindo, é ruim pra todo mundo. Começam com rixas pequenas, mas vai crescendo. É por isso que tenho saído todas as noites e passado muito tempo conversando com o pessoal até tarde. A senhora me vê na rua falando com o pessoal, mas cada dia fico com uma galera diferente pra tentar reduzir os conflitos. E meus amigos estão fazendo o mesmo. Meus pais já têm uma opinião preconceituosa do pessoal que conheço nas ruas, então jamais vou falar com eles sobre isso. E como a senhora é uma pessoa em quem confio muito, decidi abrir o coração.

— Que bonito, Felipe. Muito bem! Se essa juventude ficar se agredindo assim, vai dar mais margem para que a polícia venha e pegue vocês, como sempre aconteceu. — Dona Sueli deu um sorriso e algumas lágrimas brotaram de seu rosto. Ela apertou suas

8 • Felipe • Pirâmide de mentiras

mãos às minhas. — Fico muito feliz em conhecer melhor as suas intenções e que você tenha confiado em mim. Você é um menino incrível, Felipe.

É, eu menti. Não tinha nada de gangues, violência, nada disso. Pelo menos por enquanto. A Anne me ensinou muito bem a ganhar confiança, me aproximar, falar baixinho, essas coisas. Mas eu posso chamar a versão que dei a ela de uma meia verdade, né? Eu tô sim querendo proteger todo mundo e há uma espécie de grande treta rolando. Mas expor mais gente ao que tá acontecendo de verdade só atrapalharia, já que estamos dissuadindo os pesadelos e a própria rede por aqui. Quanto mais nos passamos de vítimas enquanto sonhamos, mais temos margem para agir enquanto acordados. Então seria um erro falar tudo que sabíamos, sobretudo agora que temos certeza de que as ações dos pesadelos não se restringem ao colégio.

Enfim, ganhei a confiança dela, estamos mais próximos, e a mentira que contei também a protegeu. É, Dona Sueli, realmente a vida é mais complicada do que parece, e tem horas que a gente precisa fazer coisas difíceis e que parecem estar erradas, mas que, olhando bem, precisam ser feitas.

Continuamos nosso plano. Depois do expediente, eu ficava um tempo na rua com a galera e não era raro descobrir um ou outro machucado com marca de asterisco. Claro que fui aprendendo a chegar de mansinho, e a Anne, que vez por outra estava próxima, me ajudava bastante nesse tipo de aproximação.

— Então, cara. Você tava me falando dessa rede aí. Qual é a boa?

— Ah, depois que você entra, você passa a ficar mais leve, sabe? É coisa boa.

— Sei, mas... Qual o requisito pra entrar? Tem algum tipo de prova? — Aproveitei para passar o braço pelo ombro do rapaz, mais baixo e magro que eu. Esse tipo de abordagem sempre ajuda na hora de conversar. Dá para falar baixinho, sem se preocupar com os olhares dos demais na praça.

— Então, cara. Eu não sei o que tá acontecendo contigo. Você precisa confiar na rede e se abrir. Daí a gente passa os procedimentos pro teu batismo. Seria bom que eu fosse teu padrinho, saca? — Ele me encarou com ternura. Sim, eu sou bom nessas coisas.

— Padrinho?

O celular apitou nesse momento. Não era muito discreto o sinal de mensagens e já tinha combinado com a Anne para ela me avisar caso algo errado tivesse no ar. Puxei o aparelho na encolha e li: "Felipe, esse cara quer te levar para um terreno baldio. Ele tá pensando em entrar em contato com outros membros da rede pro tal batismo. Não vacila!". Sorte que eu baixei a guarda da mente dele para a Anne acessar. E tive mais sorte ainda por Flávio, Bianca ou qualquer outra pessoa que marcou nossa cara no mundo dos pesadelos não estar por perto, já que usar um poder, sobretudo no nosso mundo, é bem arriscado.

Enquanto eu mexia no meu celular, o rapaz respondeu.

— É. Tem uma espécie de batismo, e eu, que não sou tão antigo, preciso levar mais gente. Você vai curtir. Se estiver sofrendo, é a melhor coisa pra você.

— Hum… É tipo uma religião? — Tinha de parecer ingênuo.

— É, é sim. Você curte isso de fé? Se curtir, aposto que vai gostar. — Dava para saber que ele estava mentindo descaradamente e que, de alguma forma, estava gostando de ficar ali comigo. Sabendo que ele queria me levar para um local estranho, aproveitei para sondar mais o tal batismo.

— Então tem mais gente nesse esquema pra entrar, né? Fala mais como é… Posso até levar mais gente pra te ajudar.

— A gente vai pra um lugar, mas quem vai fazer tudo é você. No final das contas, a gente só te dá uma ajudinha pra se entregar. Sabe, quando você entra na rede, tem de abandonar muita coisa. E isso de levar outras pessoas nunca é bom. Se você for sozinho é melhor. Aliás, corte a sua relação com pessoas que vão te atrapalhar. Quando você tiver na rede, vai notar que tudo é supérfluo. Você precisa ter dedicação exclusiva para a rede. E vai notar que sua vida será bem melhor depois que você entrar.

— Ah… Sim… Pode deixar, cara. Eu te procuro, *ok*? — Tirei o braço de volta do cara e me afastei suavemente. Que doido! Cortar os laços com todo mundo. Essa rede opera como uma seita, sei lá. Cheguei a ficar com calafrios. Ainda bem que a Anne me deu um toque. Pelo menos a gente tinha mais informações quanto ao modo de aliciamento deles. Funciona como um esquema de pirâmide, pelo que notei. Passei tudo que fui pegando para os outros sonhadores, por mensagens, durante a semana. Os mais novos faziam o trabalho sujo e subiam de posto ao colocar mais gente para dentro da rede. Os espectros tinham mais poder e direito de agredir diretamente os demais. Pelo que fomos descobrindo, os de baixo, os zumbis, apenas se mutilavam. As agressões ocorriam dos superiores aos inferiores, e mais e mais gente era necessária para atender o desejo de ferir o outro de quem subia os postos internos da organização.

— Isso é uma loucura, Felipe!

— Conte uma novidade, cara. — O Lucas gostava de soltar umas frases de efeito, mas quase sempre ele descrevia o óbvio.

A gente conversou durante vários intervalos, sempre atentos a quem nos observava. Nesse dia, em específico, chovia bastante e a gente ficou nos corredores do primeiro ano. Não era raro ver meninos e meninas da segunda ou terceira série descendo só para azarar os novinhos. Eu mesmo já fiz isso várias vezes. Já a Sabrina era mais do que comum por ali, pois sempre circulava com informes do grêmio.

— Vocês notaram que o Flávio e a Bianca passaram a faltar? — Anne saiu da sala mastigando uma maçã.

— Confesso que não sabia disso. Sabrina, que tal dar uma olhada na ficha dos alunos?

— Eu não tenho acesso direto a isso, Felipe. A sala do grêmio não é a sala do serviço de orientação educacional. — Sabrina tomou um pouco d'água de sua garrafinha, daquelas que se usam em academias.

— Mas você é bem próxima da Dona Sônia, né? Quem sabe pode dar uma mexida nos documentos, entrar na sala dela na surdina…

— Acho isso muito arriscado, Felipe. — A mania de ser certinho do Lucas me irrita. O que ele tem de fofo, esperto e meio ingênuo, tem de quadrado. Isso me irrita tanto, mas tanto!

— Eu vou tentar entrar na sala dela sim. Podem deixar que dou meu jeito. Mas a gente pode pesquisar também pelo mundo dos pesadelos. Quando a gente dormir, podemos entrar no SOE por lá e acessar a mente de Dona Sônia de uma forma sutil.

— E se ela estiver preocupada com os casos de mutilações? Será que ela e os outros funcionários já sabem o que está acontecendo?

— Anne colocou uma peça nova no tabuleiro. Até agora, a gente só estava pensando no olhar dos alunos. Mas o que os pais sabem disso, a direção e a psicopedagoga do colégio?

— Olha, se ela souber, pode até ser bom pra gente. — Sabrina comentou enquanto comia um biscoito. — A gente pode trabalhar junto de alguma forma. Quanto aos demais saberem, sei que até agora o grêmio não foi comunicado. Ou seja, não há nada fechado por parte da direção, ainda que seja possível que tenham notado algo. Por outro lado, a direção não vai querer alarmar abertamente os pais. É possível que as coisas estejam caindo nos ombros da Sônia mesmo.

— Já notaram que tem muita gente vindo de casaco mesmo com os dias quentes? Hoje está chovendo, mas essa semana está bem abafada. Chuvas de verão não esfriam o clima aqui, e esses casacos só podem ser para...

— Ocultar as cicatrizes! — Minha vez de falar o óbvio e interromper o Lucas. *Ok*, eu também sou meio bobo às vezes. — Hum... Então a rede está crescendo. O número de aliciados com o tal batismo está subindo...

— Olha, pessoal, eu fiz o meu dever de casa também. Pesquisando em jornais e nas redes sociais, não há gangues ou crimes relacionados à rede. Ainda que, vez por outra, haja as coisas de sempre com jovens, nada sobre o termo rede, hematomas, asteriscos ou nada que se pareça com a organização que está manipulando e violentando os alunos do colégio.

— É estranho, Sabrina. Parece que é algo que quer se expandir, mas tem a força aqui dentro. Felipe, perguntaram se você estuda no Estações antes de te convidarem para o batismo? E contigo, Anne, sondaram isso?

8 • Felipe • Pirâmide de mentiras

— Foram vários papos, mas acho que falei que estudo aqui sim.

— Acho que falei também. — Lucas está amarrando as pontas. Ele é bom nisso.

— Pelo que você me falou, há certa hierarquia, e todas as manifestações do mundo dos pesadelos apontam pra cá.

— Saquei, Luquinha. Então o topo da pirâmide, o ponto de contato direto com os pesadelos tá aqui no Estações. A pesquisa do lado de fora só confirmou que o que a gente precisa procurar tá aqui dentro.

— Na mosca, Felipe!

Mais dias passaram e a gente seguiu pesquisando e trocando informações. Tudo corria bem até que, em uma noite, de forma completamente incidental, algo estranho aconteceu. Estava lembrando de uns conteúdos de química deitado no banco da praça quando ouvi dois caras passando ao meu lado e conversando. Aliás, eles começavam cochichando, mas subiam o tom gritando no final do papo, demonstrando nervosismo.

— Cara, a gente precisa fazer alguma coisa. Olha como eu tô!

— Eu vi as fotos que você mandou! Meu irmão! Teu braço, pescoço, você tá todo arrebentado! Mas eu também tô assim. A gente tá nessa junto.

— E agora? A gente se mata, ou mata um ao outro.

— Temos uma semana. A gente precisa colocar mais gente pra dentro para subirmos. Mas só um sobe, né?

— É, mas quem ficar se sacrifica pelo outro. Isso é parte da rede. É o que as gêmeas sempre dizem. E só nelas que a gente tem de confiar.

Pera lá. Gêmeas?

Uma torre com suas bases podres.
Um interior completamente contorcido.
E no topo, duas pontas prontas a perfurar.

Capítulo 9 : Lucas

ASTERISCOS DE CHEKHOV

Há alguma coisa que me faz gostar mais dos dias em que a previsão do tempo anuncia uma mudança no tempo. Tem gente que não gosta, mas eu amo. E não me importo em tomar chuva. É tão refrescante que faço questão de carregar algumas sacolas dentro da mochila pra proteger meus livros. Se há uma coisa de que não gosto é carregar um guarda-chuva.

Sei que não estamos no verão, quando é mais comum que o tempo mude de uma hora para outra. Gosto de dias nos quais posso sentir o clima um tanto incontrolável, vivo. Dias quando chove forte, quando o vento sopra morno como um abraço e os dias são claros e alegres. Pouca gente da minha idade sequer percebe isso, mas é gostoso ouvir o chiado das folhas das árvores naquele tipo de vento que prenuncia a tempestade. São esses os dias em que mais escrevo, dias em que costumo estar mais feliz, dias em que as leituras são mais agradáveis. Dias de lembranças de minha família, das histórias bonitas eu que ouvia. Dias que revisito em lágrimas que me escorrem.

— Não, Lucas. São asteriscos. Estávamos seguindo pistas erradas o tempo todo.

— É o que, Sabrina?

— Olha bem este desenho, Lucas. O que me diz?

Sabrina puxa seu celular da bolsa e mostra algumas fotos das escoriações. O aparelho dela é muito caro e tem um *zoom* absurdo! Ela conseguiu tirar fotos excelentes.

— É, pessoal, a Sabrina está certa. Vocês sabem que asteriscos possuem cinco pontas, correto?

— E daí, cara? — Felipe é bem previsível. Tinha certeza de que seria o primeiro a se alterar.

— Parece que ninguém prestou atenção nisso — precisei falar mais alto, pois a chuva forte era ensurdecedora na quadra do colégio, já que as telhas faziam com que cada gota emitisse um estridente som metálico.

— Diga mais, Sabrina. O que você descobriu além disso? O intervalo está acabando.

— Lucas, você é incrível! Geeeente! Ele resolveu o mistério! E só ao olhar para esse padrão! — Eu sabia que a Anne não ia aguentar e colocaria seus fones. Sabia que ela ouviria meus pensamentos.

Não é em vão que Felipe me chama de crânio de vez em quando. E ainda que eu seja o líder do clube de artes, as medalhas nos torneios de xadrez não foram conseguidas por pura sorte.

— Gente, eu não tô entendendo nada! O que tá pegando? — Felipe fez aquela careta engraçada de que tanto gosto. — Agora a gente tem de esperar o fim do chamego do casalzinho.

A Anne tinha pulado no meu pescoço. E justo agora, que eu achava que as coisas não progrediriam entre a gente. Esse clima de caos no colégio não ajuda muito. Aí ficava aquele chove não molha, sabe como é? Mas parece que agora choveu. Eu já disse que gosto de virada de tempo?

Tudo começou na manhã seguinte a que recebemos as mensagens do Felipe falando que ouviu algo sobre gêmeas em postos de comando da rede, quando estava na praça. Confesso que li a mensagem apenas no caminho do Estações, pois silencio as notificações do celular quando leio. O que houve depois mesmo?

Ah, sim. Fomos ao mundo dos pesadelos naquela noite. A Sabrina havia dito para não falarmos sobre os avanços nas investigações durante os sonhos, ou saberiam que estávamos apenas fingindo.

Nossa missão era mapear as distorções na realidade pelo bairro, e vimos que alguns territórios do mundo dos pesadelos tinham aquelas marcas, porém, quando chegávamos para examinar, elas desapareciam. Era preciso ter uma memória mais viva das feridas dos alunos, pois era por meio delas que conseguiríamos acessar seus reflexos no mundo dos pesadelos. Sabrina chegou a essa conclusão ao mostrar que as paredes do Estações e de diferentes locais do bairro aparentavam pele humana, um detalhe importante. Acontece que, com o aumento da rede, tais paredes começavam a criar um grande labirinto repleto de imagens turvas, espectros e zumbis que atacavam qualquer um que ousava entrar. O mundo dos pesadelos estava se reconfigurando, e era necessário quebrar aquela espécie de doença que se espalhava.

Ao sairmos do pesadelo, Sabrina e eu viramos a noite conversando no grupo dos sonhadores.

— Eu preciso ver melhor, ter todos os detalhes em mente pra gente conseguir transpor as distorções, aquelas barreiras com as manchas. Se eu conseguir ler os padrões com meus poderes, podemos fazer uma engenharia reversa no outro mundo. E aí entra você, Lucas.

— Eu?

— Sim, você mesmo! Você adora um mistério para solucionar, não é mesmo? Eu consigo pegar as peças soltas, mas alguém vai ter de conectá-las.

— Você sabe que eu adoro esse tipo de coisa, não é mesmo? Acho que já podemos voltar ao tempo presente.

— *Ok*, geniosinho. Você solucionou o mistério. Pa-ra-béns. — Felipe sempre debocha, sobretudo quando não está no controle. — O senhor poderia dividir isso comigo, um reles mortal. Parece que sou o único que não sacou direito o que está pegando.

— Olhem bem, pessoal. Os padrões das cicatrizes não possuem o desenho de um asterisco. Deste ponto aqui irradiam seis traços, e não cinco.

Lembrei de quando expliquei sobre a arma de Chekov para a Anne na primeira vez que ela foi ao clube de artes. O que parece um detalhe e tem destaque em uma descrição não deve ser ignorado pelo leitor. Se uma arma foi descrita em uma cena, ela possivelmente será importante para o desenvolvimento da história. E aqueles símbolos de seis pontas eram mais do que relevantes para mim.

— *Ok*, gênio. E daí?

— Felipe, lembra que você falou das gêmeas controlando a rede? Sabrina tomou a frente e disse que poderia tentar pesquisar nos registros dos alunos a ocorrência de gêmeas. Era parte do que ela poderia fazer em sua posição privilegiada. Tudo bem, nosso colégio não é pequeno e é possível que haja algumas gêmeas matriculadas. Entretanto, o universo de nossa pesquisa é reduzido drasticamente, o que é excelente.

— Pera lá, antes de continuar com sua história de detetives, tem um ponto aberto aqui, cara. Eu juro que tinha visto asteriscos. Acho que todo mundo viu. E quando fomos ao mundo dos pesadelos, a gente via seis e não cinco pontas. Explica essa, Sherlock!

— É… realmente você tem um bom ponto, Felipe. Podem ser marcas diferentes.

— Não mesmo. Sempre foram seis pontas no desenho. Olha aqui no histórico de mensagens do grupo. O Felipe mandou uma foto um pouco distante de um pessoal lá na praça. — Sabrina mostrou as fotos e, agora, elas pareciam ter seis pontas mesmo!

— Isso só pode ser magia! — Tudo bem, confesso que estou bem influenciado por literatura fantástica nestes dias.

— Há uma explicação pra isso. A gente nunca encarava as feridas, já que os vermes abriam nossos âmagos aos nossos medos. Então, mesmo vendo a figura borrada, nos convencemos de que eram asteriscos e, sempre ao lidar com as figuras, projetamos a imagem que a gente tinha. Por isso não progredimos no mundo dos pesadelos. A gente não conseguia seguir porque não encaramos a realidade, mas sim a imagem que acreditávamos conhecer.

— Uau, Sabrina! Isso faz um baita sentido!

— Se não fosse pelo poder da Sabrina, a gente ainda estaria preso neste caso simples de viés de confirmação. Viu só como poderia ser explicado com racionalidade, Lucas? Nada de magia.

— Eu discordo de você, mas é melhor aproveitarmos o pouco tempo que temos no intervalo. Posso continuar?

— À vontade, mestre do mistério. — Felipe fez uma reverência debochada.

— Esse papo vai render. Tudo bem se não lancharmos hoje?

— Lucas, agora todo mundo quer saber a história toda! Eu mesma sei que o símbolo parece uma espécie de estrela de seis pontas, mas só sei isso. E pelo que a Anne disse, você matou a charada. Então fala logo, garoto!

— Tudo bem, Sabrina. Mas precisamos voltar para quando decidimos agir nesta investigação em conjunto. Você se lembra daquela terça, quando houve uma partida de futsal no torneio intercolegial? Eu encaixotava alguns livros no clube de artes, já que estava praticamente fechado, sem membros. Você entrou e me ofereceu uma trufa.

— Lembro sim, você estava um tanto cabisbaixo naquele dia.

— E eu peguei uma trufa de amendoim, minha favorita. Aproveitei para pegar uma de coco, a que Anne mais gosta.

— Ah, eu me lembro da trufa! Estava deliciosa!

— Nesse mesmo dia, você trouxe umas informações, lembra também?

— Consegui algo importante sobre Bianca, Flávio e muita gente que tem faltado no Estações.

— Então você tirou as informações da dona Sônia, Sabrina?

8 • *Felipe* • *Pirâmide de mentiras*

— Não exatamente, Felipe. Na verdade, eu invadi a sala dela pela manhã. Afinal, não queria envolver, naquele momento, mais pessoas com o problema. Sem contar que eu pensava, como ainda penso, que ela mesma é uma potencial suspeita.

— Hum... É verdade. Ela ouve todos os relatos de abuso e violência dos alunos. — Como a gente não tinha pensando nisso antes?

— Fica tranquilo, Felipe. Dona Sônia não está envolvida, de acordo com minhas deduções.

— E como você entrou lá com tudo fechado? Pegou algo pelos sonhos?

— Claro que não, Anne! Se não podia abrir as barreiras seladas que cresciam no mundo dos pesadelos, tinha de dar o meu jeito durante o dia.

— Então você invadiu a sala dela? Ou não foi isso que aconteceu?

— Não exatamente. Vamos dizer que eu fiquei lá o tempo necessário para ter o que eu queria. — Sabrina voltou a demonstrar "aquele sorriso".

— Você roubou os documentos de lá?

— Ué, sabichão. Você não diz que é bom para solucionar mistérios? É a minha vez de me fazer enigmática.

— Fala logo, Sabrina!

— Tá bom, tá bom. Primeiro, eu conversei com ela. Todas as quartas, a gente fala sobre casos graves com alunos, coisas importantes que estão rolando. E sim, ela estava acompanhando os casos de mutilações. Pais de alunos entraram em contato com o colégio, e ela estava chamando individualmente alguns para serem acompanhados por ela. Normalmente, ela orienta os pais a buscarem auxílio especializado com psicólogos. Pelo que a Sônia me disse, ela daria apoio por aqui e com atendimento individualizado.

— Faz sentido.

— O que complica é que os pais que foram chamados são dos alunos que, logo após começarem o acompanhamento, passaram a faltar. Parece que as coisas ficaram mais graves depois que a Sônia os identificou. As famílias disseram que os filhos não saíam de casa e tinham ataques súbitos de agressividade, vez por outra machucando os próprios pais. Foram eles, os que foram identificados por Sônia, que abandonaram a escola, inclusive Bianca e Flávio.

— Então a professora Sônia é alguém de confiança. Mas isso que você falou naquele dia me faz pensar em outra coisa.

— No que, Lucas?

— Esse pessoal que ficou em casa agora já estava completamente dominado pelos pesadelos. Lembra que você me mostrou as fotos que tirou dos relatórios dos alunos que foram acompanhados?

— Lembra que eu te pedi pra mandar pra mim junto as listagens de alunos de todas as turmas do Estações?

— Boa, Sabrina! Mas quando você arrumou tempo para tirar essas fotos?

— Anne, você se lembra da confusão que rolou no intervalo do jogo do dia anterior?

— Ah, aquele empurra-empurra no pátio?

— Adivinha quem começou?

— Eu! A Sabrina pediu pra eu começar uma treta e não foi nem um pouco difícil. Bastou zoar um pouquinho a torcida do outro colégio. Mas você podia me dizer que era parte de um plano. Você me disse que era para abalar a torcida rival.

— Uma coisa não exclui a outra, né? Nós ganhamos e consegui as fotos. Assim que a dona Sônia foi chamada pelo inspetor para dar aquele sermão na quadra para acalmar os ânimos, tive todo o tempo do mundo para fotografar os relatórios. Já as listagens eu já tinha salvo desde o início do ano.

— Eu estava um tanto ansioso para começar a tratar aquela massa de documentos, eu tinha muita coisa para analisar. E isso era ótimo.

— Isso estava rolando nos dias que eu e Anne dávamos os rolezinhos depois do meu expediente, certo?

— Exatamente. Enquanto Sabrina lidava com a parte mais burocrática, como os funcionários e atribuições do grêmio, meu foco era mais em tratamento de dados e observação do que acontecia, sobretudo, na biblioteca.

8 • *Felipe* • *Pirâmide de mentiras*

A chuva cessou e o barulho das telhas também. Continuei falando mais baixo.

— Não sou muito bom puxando assunto, mas houve um dia que notei duas meninas falando sobre as gêmeas enquanto eu escrevia silenciosamente na biblioteca. Aproximei-me para ouvir melhor e me escondi atrás de uma estante, fingindo que buscava algum livro. Eu havia testemunhado a cena-chave do mistério, mas só há pouco, com a informação da Sabrina, tudo se encaixou:

— *A moça lá do SOE me chamou mais cedo.*

— *Ih... Ela te pegou também?*

— *Fica tranquila. A rede tá segura. Pelo que fomos instruídos, agora deve ser a hora do recolhimento.*

— *Isso mesmo. Depois de aprender a conviver com a dor, é hora da reclusão. Não precisamos mais nos importar. A rede nos fortaleceu.* — A menina mais alta tinha a ponta dos cabelos verdes.

— *Incrível como tudo estava nos preparando para esse momento. Cada ferida, cada corte. Não vejo a hora de passar a dor adiante.* — A mais baixa mostrou o braço completamente marcado. Na época, vi ou imaginei um asterisco, como todos nós. Mas hoje eu revisitei esta memória assim que Sabrina revelou ser um símbolo de seis pontas. Tinha algo a mais ali...

— *Então, vamos juntas falar com a chata da Sônia?* — A mais baixa disse.

— *Claro que não! Daria pinta demais. E você se lembra que elas disseram pra gente que está quase no topo da rede: melhor se espalhar.*

— *Pelas gêmeas.*

— *Pela rede da dor.*

Lembrei que ambas fizeram um gesto esquisito, como se estivessem desenhando no ar. Acho esses tipos de cumprimentos de tribos urbanas tão infantis... A Sabrina insiste que tenho "espírito de velho". Não sei se ela está certa, mas, em algum ponto, sinto que minha ancestralidade concorda com ela. Hum... Mas o que era aquele desenho que fizeram no ar? Fiquei matutando até hoje.

— Como era o gesto?

— Primeiro um traço vertical. Depois um corte na diagonal e depois outro, também na diagonal, mas no outro sentido. Depois o mesmo, mas espelhado. Os dois cortes diagonais parecem dividir o traço vertical no meio, como a letra K. E aqui temos o desenho. Não é um asterisco, tampouco uma estrela. São dois 'K' refletidos.

– Agora tudo finalmente fazia sentido. A cisma com o asterisco, as conversas sobre gêmeas que Felipe ouviu, o modo de agir que a Anne falou, o afastamento dos alunos que me trouxe a listagem de matriculados e o registro de atendimentos no SOE.

— Não me diga que você tem os nomes das gêmeas?

— Keila e Karina Sá! Consultei tanto as listas nestes dias que memorizei os nomes. Elas devem ser as gêmeas do topo da rede!

— Ah, não é possível! Não pode ser. Parece tão simples agora que você falou!

— Aqui, Felipe. — Peguei meu bloquinho de notas e uma caneta. — Desenha aqui o símbolo que você costuma ver riscado na pele do pessoal, usando suas memórias, agora que sabe que não é um asterisco e que viu as fotos que Sabrina mostrou.

Felipe desenhou e, aproveitando a mesma folha, Sabrina conferiu e desenhou também.

— Justamente como imaginei. Notaram como são duas letras K espelhadas? Keila e Karina Sá são irmãs gêmeas matriculadas aqui, e eu as conheço muito bem.

— Conhece? Eu não me lembro desses nomes… — Era previsível que Anne, a mais nova entre nós aqui no Estações, não soubesse quem aquelas duas são.

— E agora tudo ganhou outro tom para mim. Vocês não sabem, mas, a partir de hoje, isso se tornou um caso pessoal.

— Treta! Lucas tretando com alguém? É por isso que tá chovendo.

— Para, Felipe! Agora preciso entender o que está acontecendo.

— Anne não me soltou, mas mostrou certa preocupação.

— O próprio Lucas deve explicar. Parece que nosso detetive guarda bem na sua memória os desafetos que já nutriu.

— Hum… Digamos que não seja exatamente um desafeto. Mas

posso dizer que essas duas, que escrevem uma coluna de fofocas no jornal do colégio, já me desafiaram algumas vezes. E elas assinam justamente com essa marca de dois 'K' espelhados

— Pera. Alguém liga pro jornal do colégio?

— Você pode não se afetar, Felipe. Até porque é todo metidinho e o jornal só te dá bola.

— Mas eu mereço, né? Difícil falar mal de um cara maneiro que nem eu. — E lá vai o Felipe com esse sorriso orgulhoso outra vez.

— Em resumo, Anne: Keila e Karina são responsáveis pelas colunas mais sarcásticas, tanto da versão digital quanto do *podcast* e dos vídeos, do jornal aqui do Estações. Elas ganharam um mar de popularidade ridicularizando qualquer um. Eu fui o alvo delas por meses. Me chamavam de "bicho do mato" e "cabelo de cuia", por exemplo. Sabrina é isenta desse tipo de chacota porque é presidente do grêmio, e o Felipe é uma espécie de personalidade aqui. Sobra para quem é fora da curva, esquisito, sei lá. E dá pra notar que muita gente que foi afastada já foi humilhada pelas colunas de fofocas, moda e comportamento das duas.

— Pera, então o topo da rede são duas autoras de vídeos de fofocas?

— Não apenas vídeos. Textos, áudios, memes, várias coisas. E elas não precisam fazer diretamente. Basta um comando para que um exército de seguidores ataque os alvos delas. E este é o topo da rede. Elas detêm o comando da cadeia de destruição de reputações. Daí que seus alvos se deprimem e são aliciados pela rede da dor, entrando nesse espiral doentio. Provavelmente, o exército que as duas comandam e que persegue os demais aja pressionando as vítimas anonimamente e as aliciando. E Keila e Karina apenas puxam as cordas por aqui. Mas não por muito tempo.

O sinal do intervalo tocou.

E, com isso, a pausa encontrou seu fim.

Finalmente é hora da ação no mundo dos pesadelos.

Capítulo 10: Sonhadores

DE VOLTA À CAMA

Algum tempo se passou desde as descobertas de Sabrina, Felipe, Anne e Lucas. O clima está um pouco mais ameno e as chuvas não tão fortes. Mas não há calmaria ou frescor. Tudo está mais abafado e instável no bairro.

As primeiras avaliações passaram e muitos alunos continuam a faltar. As ausências são sentidas nos vazios das carteiras nas salas, nas conversas que são interrompidas quando lembranças são evocadas, na chamada que é feita pela professora, agora pulando os números daqueles que há dias não frequentam o colégio. Um tema velado, uma espécie de tabu começa a ser construído no Colégio Estações. A rede passa a ser cada vez mais real enquanto atmosfera de medo. Todos sabem que ela opera e, a cada novo aluno ausente, é mais difícil interromper o seu crescimento.

A rede é um câncer que cresceu no centro do Colégio Estações.

Desde aquele encontro entre os sonhadores, por três vezes, Sônia Avilar fez palestras de conscientização na quadra da escola. Não havia mais como tentar resolver pontual e discretamente um sério problema para toda a comunidade escolar.

Aos olhos de especialistas, a sua apresentação seria impecável. Sônia tratou com tranquilidade e clareza os gatilhos para os comportamentos de autoflagelação, bem como apresentou diferentes caminhos para tratamento e apoio. Sendo auxiliada por Sabrina e pelos outros membros do grêmio, a psicopedagoga construiu uma grande campanha com cartazes, tarefas interdisciplinares, comunicações nas redes sociais e reuniões com pais de alunos. Entretanto, a doença psíquica se alimentava a cada noite, a cada sonho, no nefasto mundo dos pesadelos.

Sabrina conversou com Sônia por algumas vezes e, por muito pouco, a jovem presidente do grêmio não revelou que era uma sonhadora. "Sônia já tem problemas demais para resolver", ela pensou. Além disso, poucos acreditariam em histórias de adolescentes sobre um mundo paralelo.

Mas algo interessante aconteceu naqueles dias. Sabrina notou em Sônia mais do que uma funcionária do colégio – uma amiga. Conversas pela internet e até mesmo cafés tomados fora do horário do expediente passaram a ser recorrentes entre elas.

— E então, Sabrina. Já está se preparando para a vida nova na universidade? — Sônia mexe seu *cappuccino* enquanto confere algumas mensagens em seu celular.

— Estou um pouco confusa sobre o que escolher...

— Sem pressão demais, *ok*? Lembre-se de que você pode mudar.

— Não é tão fácil assim quando você tem os meus pais, Sônia.

— Pelo menos você já não me chama mais de Dona Sônia. — Ambas quebram o gelo e dão uma risada. — E esse chocolate quente, tá bom?

— Ótimo!

— Não te disse que um bom chocolate não tem de ser tão doce como vocês costumam tomar?

— É... esse aqui tá bem amarguinho mesmo...

— Eu não adoço cafés, *cappuccinos*, chocolates. Dá pra sentir o sabor melhor, sabe?

— Mas acho que um doce faz bem, né?

— Verdade. Talvez faça algum tempo que não tenho muito doce na vida... E você, Sabrina? Parece que as coisas que estão rolando no Estações mexem com você.

— Pois é. É difícil ficar focada no vestibular quando você vê coisas ruins crescendo ao redor. — Sabrina brincava com a colher, girando-a na xícara enquanto, com a outra mão, apertava sua perna por baixo da mesa. A calça que vestia ficaria marcada se pressionasse demais. Então ela controlou sua força, seu movimento. Controlar-se, algo que tem o costume de fazer.

— Mas você tenta mudar as coisas. Sem a sua ajuda, eu não conseguiria organizar as ações de conscientização lá no colégio. O grêmio é muito importante, Sabrina.

— Eu só fiz a minha obrigação. — A menina seguia girando a colher, agora com o olhar vazio.

— Para com isso, Sabrina. Você não está discursando para os alunos. Tem uma pessoa muito boa aí dentro e você tem de se orgulhar disso. Você e aqueles que estão contigo precisam ter orgulho do que são, do que fazem aqui. São as suas ações que vão dar força para vocês seguirem. Não é uma pura abstração ou idealismos, mas falo das suas conquistas, as suas marcas no mundo. E o que vocês têm feito ao me ajudarem, e incluo aquele menino que fechou o clube de artes, o Lucas, a menina que entrou esse ano, e o doidinho do Felipe nessa. Vocês estão fazendo coisas poderosas, e achar que não estão crescendo com isso é uma besteira.

— Mas crescer é difícil...

— Olha, já conversamos sobre isso. Sem complexo de Peter Pan, *Ok*? Cadê aquela pessoa que falou que queria ser independente e forte? Cadê a Sabrina que conta as horas para sair de casa e cuidar da sua própria vida?

10 • Sonhadores • De volta à cama

— Tá aqui, né? Mas isso não nega o fato de que não é fácil crescer, ou estou errada? Vai dizer que é fácil agora? — Sabrina dá um sorriso e aponta para Sônia, fazendo uma pose divertida.

— *Ok*. Você venceu dessa vez. Deixa que eu pago teu chocolate. Sônia não sabia que a conversa serviria para Sabrina relaxar um pouco antes da incursão ao mundo dos pesadelos.

Os quatro amigos marcaram para começarem a dormir por volta de onze da noite. Cada qual tinha sua própria espécie de ritual para se acalmar.

Após mais uma tarde e parte da noite na Gusmão Lanches, onde fez sua tarefa de casa e leu um pouco, Anne tomou um banho bem quentinho, aqueceu uma xícara de leite, a tomou com alguns biscoitos e se vestiu de sapinha roxa, seu pijama favorito. Sabe aquele tipo de roupa que já tá um pouquinho gasta, mas é superconfortável? É o pijama de sapinho da Anne. E nem preciso dizer o quanto ela tem vergonha de seus amigos descobrirem que ela usa essa roupa. Tudo bem, teve uma vez que ela tirou uma foto com o pijama e quase enviou para o Lucas. Quase.

Antes de entrar em seu quarto, seus pais perguntaram o de sempre – "como foi na escola?", "e as novidades?" – e Anne respondeu a eles igualmente, com "tudo indo, tudo indo". Mas dessa vez a conversa na sala durou mais alguns minutos. Todas as vezes que ela fica um tanto mais ansiosa, busca conversar para relaxar um pouco. Acabou que assistiu a um programa de TV com seus pais, coisa que não fazia desde a infância.

Depois disso, os minutos que precederam o sono foram na própria cama, debaixo dos edredons. Ouvindo *podcasts* e suas listas de músicas favoritas, ela estava até bem tranquila, uma vez que foi a responsável por combinar com os outros o que fazer durante os sonhos.

— Gente, é melhor que o Felipe aja como uma distração ou que seja um batedor furtivo?

— Pra mim, tanto faz. Eu quero é ação! Já estou de saco cheio de ficar me fingindo de fracote ou mosca morta. A gente já tem o que precisa, então vamos entrar chutando a porta!

— Não temos não, Felipe.

— Hã? Como assim, Anne? — Felipe respondeu à mensagem no grupo dos sonhadores mandando áudio.

— A gente tem indícios de que são as gêmeas Keila e Karina que estão no topo da rede.

— Mas já conhecemos a marca dos dois 'K', então podemos desfazer as barreiras.

— Sim, Lipe. Mas o que a gente precisa fazer é confirmar a liderança das irmãs com as vítimas no mundo dos pesadelos, já que elas também não tão indo mais pro colégio. Assim fica muito mais fácil agir quando voltarmos ao nosso mundo para enfraquecê-las antes de darmos a cartada final.

— Concordo com a Anne. E ainda acrescento: até agora a gente não encarou o pesadelo em si. Vimos apenas o tal grande pilão batendo. Todas as barreiras protegem o pilão. Então lá é o centro mesmo. Acontece que, com as informações que temos sobre o *modus operandi* da rede e com o avanço através das barreiras, o pesadelo finalmente deve nos encarar. É importante que a gente vire o jogo agora. Ele vai se surpreender com a nossa força, vai saber que a gente tem conhecimento e vai se revelar. Claro, isso vai fazer com que, quando a gente voltar pra dar o último ataque, as coisas fiquem mais difíceis, mas, pelo menos, vamos ter como avaliar suas fraquezas.

— Deixa essa parte comigo, Lucas. Analisar os pontos fracos é minha especialidade. Sem contar que posso dar cobertura a vocês, já que eles vão me notar quando estiverem batalhando com uma cavaleira, um mestre na acrobacia e um conjurador. Aliás, acho que o Lucas tinha de estar comigo outra vez. Que tal duas equipes? Uma para ação e outra para análise?

— Eu topo, chefa. Mas… Conjurador? Você tá jogando RPG agora, Sabrina? Olha lá, hein! Essas coisas não são produtivas. Você só vai perder o seu tempo com isso. — Felipe piscou para ela. Ele sabia ser um chato de vez em quando. Um chato divertido.

A preparação de Felipe foi bem mais simples. Afinal, ele gosta de entrar com energia no mundo dos pesadelos. Ao chegar em casa, o rapaz concluiu as tarefas da escola, conversou com amigos e assistiu a alguns vídeos na internet sobre *parkour* e dança. Deixando uma batida tranquila ao fundo, ele se jogou na cama espaçosamente, como gosta de dormir. Felipe se desliga mais facilmente do mundo e cai no sono com mais facilidade.

Por outro lado, Lucas é o mais metódico e preocupado, tendo certa dificuldade para pregar os olhos. Ansioso que só, não consegue ler, escrever ou fazer outra coisa para relaxar nos instantes que precedem uma "missão", como costuma nomear a visita ao mundo dos pesadelos com um propósito bem delimitado. Ele repensa as estratégias, ensaia o que vai fazer ou falar, praticamente não sossega. É claro que seus pais notam que algo estranho está acontecendo, e, como Lucas não é tão bom em enrolar as pessoas, vez por outra revela uma parcela da fonte de sua angústia. Não é raro que Lucas recorra a um chá de camomila com mel.

Dada a hora marcada, eles finalmente caem no sono. Um a um, começando por Anne, seguida por Felipe, Sabrina e Lucas, os quatro despertam no pátio do Colégio Estações. O cenário é muito mais opressivo e decadente em comparação ao início de tudo. As paredes pulsam em um ritmo hipnótico, sendo rasgadas pelo entrar e sair de vermes com a face de professores da escola, pais dos alunos e outros adultos do bairro. A textura das construções remete a fibras necróticas, e o trânsito dos vermes que deixam parte de seus corpos para preencher as lacunas do prédio em decomposição gera líquidos viscosos que gotejam incessantemente.

Agora, não apenas o colégio, mas vários prédios do bairro são margeados por fossos cobertos por ácido. De lá saem monstruosidades delgadas revestidas com uma espécie de carapaça metálica colorida. E essas "coisas" espreitam o próximo tropeço dos alunos para se alimentar.

O socar do grande pilão, mesmo oculto aos olhos pelas enormes paredes que criam o labirinto dos pesadelos, é ensurdecedor. Mas, talvez pelo caos que instaurou, seu ritmo agora é paradoxalmente relaxante. Se quiserem seguir, aqueles quatro precisam lidar com a nova configuração do domínio dos pesadelos.

— Ei, Sabrina. As coisas não estavam exatamente assim da última vez, né?

— Por aqui pessoal. — Sabrina olhava ao redor enquanto os conduzia para trás de uma árvore no pátio, uma marcação que criou na última incursão. — Felipe, até que eu estava esperando algo pior.

— Algo pior? — Anne levantou a viseira de seu elmo, demonstrando apreensão.

— Anne, a gente tava fingindo bem por aqui. Mas algo mudou, como se em resposta às nossas atitudes. Lembra que te expliquei que os domínios respondem ao nosso estado de espírito? Ele vai ser mais hostil de acordo com a nossa intenção. Hoje a gente veio aqui pra tirar o máximo de informações e até mesmo encarar os pesadelos. Você acha que a gente ia encontrar o mesmo sonho de ontem?

— Bem, faz sentido. E agora, vamos seguir o plano assim mesmo, Sabrina?

— Sim, mas a gente precisa ajustar algumas coisas. Acho que precisamos encontrar a fonte dos símbolos dos dois 'K' primeiro. Fazendo isso e analisando os padrões, a gente chega até o pesadelo em si, a coisa por trás disso tudo.

— Combinado. Então vamos nessa. — Felipe dá o primeiro passo, começando a rotina de movimentos que havia ensaiado tantas vezes ao assistir aos vídeos de *parkour* e ler os gibis de herói de que tanto gosta.

Felipe projeta-se ao encontro de um galho, fazendo com que seu corpo gire no ar após o breve apoio que teve com seus braços. Durante o rodopio, ele bate com seus pés no tronco ao lado e se impulsiona para cima, onde encontra outro galho para repetir o movimento de impulso. Em poucos segundos, ele alcança a copa das árvores do pátio do Estações.

Enquanto isso, Lucas conjura uma trombeta de um livro de alta fantasia que lia, o que se mesclou ao seu conhecimento sobre cultura *pop* e a atração que o barulho tinha sobre os zumbis. O plano começa a dar certo. Os alunos-monstros foram atraídos para o canto do pátio onde os sonhadores estão.

É a vez de Sabrina agir, fingindo ser uma boneca e se embrenhando pelo matinho. Ela chama Lucas para segui-la, já que con-

10 • Sonhadores • De volta à cama

fiava no poder de ataque de Anne e Felipe. O rapaz deixa a trombeta no chão e segue os passinhos de Sabrina, até que uma bateria os bloqueia.

— E agora, Sabrina?

— Agora você desfaz o selo com a sua "magia".

— *Ok*!

Após abrir um livro, Lucas, com suas vestes anacrônicas de sempre, fala os nomes das gêmeas Sá enquanto estende suas mãos. O símbolo emerge da parede putrefata e é transferido para o tomo. Os vermes que atravessavam a parede urram e o obstáculo se desfaz na frente de seus olhos.

Sabrina sabia que Lucas descobriria o que fazer, já que é ótimo ao criar, ao inventar soluções. E a distração que tinha feito com a trombeta tinha retirado os monstros de sua morada. Dois perigos removidos numa única ação.

— Ótimo, Lucas!

— Nem eu mesmo acredito que deu tão certo!

Lucas e Sabrina podem ver um panorama um pouco mais caótico, agora que seguiam pelos corredores putrefatos. Parte dos alunos-zumbis segue para o pilão, as paredes se abriam e fechavam para não os bloquear. Outro grupo, liderado por espectros, atacava Anne e Felipe, e uma terceira parte parecia sem rumo, vagando pelo labirinto. Sabrina pensa que estes últimos sejam os que ainda estão entrando na rede, não completamente cooptados pelos pesadelos.

— Olha lá, Sabrina! Os dois 'K' no braço daquele cara! Aquela menina ali tem o mesmo símbolo no pescoço!

— Hora de mapear essas coisas!

Sabrina apontou para os zumbis e as marcas vibraram em vermelho e roxo. Assim que aquelas marcas se ativaram, uma fumaça bizarra entrou pelas janelas e invadiu o corpo dos zumbis através das marcas vibrantes. Agora, os dois se mexiam por meio de espasmos estranhos e partiam em direção de Lucas e Sabrina.

— Droga, Sabrina! Eles tão vindo na nossa direção!

— As marcas são como um controle remoto do pesadelo! Droga, a gente precisa sair antes de respirar essa coisa. É melhor se mexer ou você vai virar purê! — Sabrina puxou seu amigo para o lado um pouco antes dele ser mordido pela jovem zumbi.

— Uma corda! — Lucas conjura uma corda do livro de fantasia, aproveitando a memória fresca de uma cena em que a heroína a usou para amarrar uns ladrões de estrada.

— Boa, Lucas, amarra aqui! — Sabrina deu uma rasteira na menina mais próxima e deu um encontrão no zumbi, afastando-o um pouco.

Enquanto ela distraía e se esquivava do rapaz, Lucas, um pouco atabalhoado, amarrou a menina. A cicatriz com os símbolos K pulsava, e ele começou a conversar com a jovem, tentando trazê-la a si enquanto removia a marca, como fez com a barreira um pouco antes.

— Tá tudo bem! Você não precisa se machucar. — Pouco a pouco, a menina foi voltando a si, ao notar que Lucas não fazia mal a ela. Seu corpo foi abandonando a forma podre, os ares começaram a sair pela cicatriz no pescoço e os olhos sem vida ganharam cor.

— Lucas, dá uma força aqui! — Sabrina estava acuada pelo rapaz, mais forte que ela.

— Desculpa, cara. Mas você vai ter de acordar! E isso vai ser abrupto. — Lucas arremessa o seu livro com todas as suas forças na cabeça do estudante-zumbi. O livro grosso, de capa dura, estraçalha o crânio molenga do estudante, melando o vestido de boneca de Sabrina.

O grito de nojo de Sabrina foi somado ao da menina amarrada. Enquanto isso, em alguma parte do bairro, um jovem acorda subitamente com o coração na mão, após ter um dos pesadelos mais bizarros de toda a sua vida.

No pátio do colégio corrompido, um labirinto que se reconfigura como um organismo pulsante. O combate é feroz.

Anne gira sua lança, impedindo a proximidade dos alunos. Eles estão mais ágeis e violentos que em todas as vezes que os sonhadores estiveram no mundo dos pesadelos, cada um com uma ou mais marcas com os dois 'K' espelhados em vermelho e roxo.

10 • Sonhadores • De volta à cama

— Felipe, tá tudo bem aí em cima?

— Bem não é a palavra certa, Anne, mas tô indo! Uma hora chego lá! — O ritmo do socar do pilão aumenta a cada segundo, tornando mais difícil se esquivar dos monstros de um fosso de ácido.

Felipe ativa seus poderes heroicos e faísca ao saltar pelas árvores, enquanto Anne devastava os opositores por baixo.

Mas a dimensão dentro do domínio dos pesadelos não é como a do nosso mundo. O pátio se desdobra em quilômetros, tornando o trajeto – facilmente percorrido durante o dia – muito mais longo nos pesadelos. Felipe acelera cada vez mais, imaginando encontrar Keila e Karina por trás do pilão, aquele mecanismo de dor e desespero.

O espaço se dilatava em cima, mas persistia o mesmo na parte de baixo do pátio. Enquanto Felipe parecia progredir centenas de metros em segundos, Anne via seu amigo se esquivando dos monstros que escalavam as árvores e dando breves saltos adiante. Não era a primeira vez que ela presenciava isso, sendo comum Sabrina chamar de perspectiva do medo. O mesmo acontecimento no mundo dos pesadelos é presenciado de formas diferentes, de acordo com a intenção de quem o experimenta.

— Precisa de uma força aí, Felipe?

— Até que cairia bem! Alguma ideia?

— Isso pode ser um pouco arriscado, mas lá vai!

Anne pegou a trombeta que Lucas deixou e, após afastar um pouco mais os zumbis, a assoprou com toda a sua força, tocando o instrumento mais alto que o bate-estaca incessante do pilão.

Os monstros que perseguiam Felipe mudam seus planos, voltando-se para baixo com toda a sua fúria.

— Aproveita e vai, Felipe!

— O que você fez, Anne? Você vai dar conta de todos?

— Vai logo, cara! Se manda!

Felipe apenas olhou de relance para Anne sendo cercada pelos espectros e zumbis, mas seguiu em frente. Sua amiga estava certa. Assim que ele abandonou a preocupação com aqueles monstros, talvez um pouco de seus próprios medos, conseguiu progredir. Já era possível ver, por cima, o pilão e algo mais... Algo um pouco perturbador, aliás.

Enquanto isso, Lucas e Sabrina levam Raquel, a menina que salvaram, para uma sala de aula vazia, um lugar um pouco mais seguro.

— Sim, as duas estão no topo de tudo. — Ela tremia enquanto cerrava seus punhos ao falar. — Keila e Karina são dominadoras. Elas nos obrigam a... — As pausas são angustiantes. — Reproduzir o que elas faziam com quem estava no topo. É tudo um jogo. Um jogo no qual cada vítima da rede tinha de se ferir e enviar a elas a foto do ferimento, demonstrando sua submissão. Daí em diante, as chantagens cresciam, elas com aquela coluna de fofoca. As exposições nos fóruns. Elas faziam a gente fazer coisas vergonhosas, agredindo pessoas que nós amamos. As duas são monstros! — A menina começou a chorar. — Depois de entrarmos, somos apenas bonecos. A gente surta e perde o controle, ou se engana comprando toda essa ideia falsa de reduzir o sofrimento. Na verdade, foi a gente que inventou isso pra tornar tolerável tudo o que acontecia dentro da rede da dor.

— Rede da dor? — Lucas se aproximou. — Então é apenas um jogo sádico?

— É, isso mesmo...

Após isso, Raquel começou a desaparecer na frente dos dois. Ela se libertava do pesadelo e terá um sono profundo durante a noite.

— Fugir do sofrimento, Lucas. Essa é uma chave. Temos de desfazer isso do outro lado. Sofrimento é parte da vida. Temos de multiplicar uma rede de apoio do outro lado.

— Entendi, Sabrina. Conseguiu terminar a leitura das marcas?

— Sim. Se as irmãs usarem os símbolos para controlar remotamente os zumbis e espectros, eu poderei ver as conexões.

Hora de Lucas e Sabrina descerem ao labirinto, o que não gera tantos problemas, já que Lucas remove os selos a cada indicação de Sabrina. Como os monstros estavam concentrados adiante, não tardou para os quatro se encontrarem.

— Demoraram, hein?! — Felipe se esquiva do socador metálico do pilão, que tentava acertá-lo no pátio. Finalmente ele tinha chegado ao domínio central do pesadelo.

10 • Sonhadores • De volta à cama

— Cadê a Anne? — Lucas a caçava com o olhar, demonstrando preocupação.

— Aqui, e viva. — A menina saiu de trás das árvores do pátio com a armadura amassada, coberta de sangue e gosma, arrastando-se com alguma dificuldade.

Eles não encaravam apenas um pilão de metal, mas energias necróticas que sustentavam o socador que tentava acertá-los. Porém, assim que os quatro se uniram, as energias tornaram-se grandes braços de um único corpo com duas cabeças gigantes. Os braços sustentavam cordas finas, tais quais as que guiam marionetes, chegando não apenas aos poucos zumbis e espectros, mas às gêmeas Sá. O olhar insano de Keila e Karina demonstrava ódio, muito ódio. Enquanto a coisa se construía, Sabrina observava seus detalhes.

— Eu vi! Eu vi, pessoal! Já sei o que temos de fazer. Vamos embora! — Sabrina dá um sorriso triunfante enquanto ajuda Anne a andar.

— Malditos! Vocês nunca vão acabar com a rede! — As cabeças falaram em uma só voz enquanto o socador, que já era grande, praticamente triplicou de tamanho. — Saiam do meu domínio agora!

Após dar uma grande pancada no chão, todo o Colégio Estações começou a colapsar, derrubando os quatro sonhadores para uma espécie de poço sem fundo.

Eles acordaram assustados mais uma vez.

Não sem perder um pouco de sua sanidade com isso.

Será que eles têm o suficiente para acabar com este pesadelo?

PARTE 3

CURATIVOS

Capítulo 11: Felipe

TESTANDO HIPÓTESES

Estou inteiro? Pernas mexendo? Braços mexendo? Estou vivo? É, estou vivo.

Calma. Não é a primeira vez que isso acontece, mas ainda não me acostumei. Para de tremer, braço! *Ok*, mesmo que eu e Sabrina sejamos os mais experientes, sempre é tenso quando a gente acorda assim. Pelo menos acordamos. Podia ser pior.

Melhor me mexer e levantar logo, já que ficaria rolando por aqui.

Esta cama já está pequena para mim. Este quarto já está pequeno para mim. Esta casa, esse único banheiro… Melhor ver se o pessoal está bem. Nada de mensagem de voz. Nada de barulho. Vou colocar essa tralha na vibração. Não quero topar com a cara do meu pai a essa hora da madrugada.

Eu devo estar com a cara horrível. Desvio o olhar do espelho no canto do pequeno banheiro, fecho a porta, abaixo a cabeça. A água gelada da torneira aberta concentra-se em minhas mãos em concha e, ao tocar meu rosto, me acorda pela segunda vez. Minha face, agora imersa por longos dois minutos, gela até que a temperatura escaldante do medo caia, acalmando as batidas do coração. Com o braço esquerdo estendido, tateio a parede e encontro a toalha de rosto enquanto fecho a torneira com a outra mão.

Agora sim, luz acesa. Minha imagem no espelho. Fizera algo muito mais prudente do que encarar as distorções do mundo dos pesadelos ao redor, ainda ativas por memórias recentes. O celular, no bolso da bermuda, vibrou.

— Oi, Felipe, tô bem. E você?

— Suave, Anne. Tô pleno, como de costume. — Mando uma *selfie* fazendo biquinho, como se estivesse saindo do banho. Sem blusa, claro. Meu corpo é lindo.

— DESNECESSÁRIO! — Ainda que tivesse visualizado as últimas mensagens, Sabrina permaneceu calada até minha foto chegar.

— Felipe! A gente aqui preocupado e você mandando foto sem camisa?

— Eu sei que você gosta, Luquinha. Não precisa fazer esse charme.

— Vocês dois! Podem parar! Pelo que estou vendo, já está todo mundo bem. Bem até demais. Nem parece que a gente acabou de encarar um pesadelo! Vamos decidir os próximos passos, as próximas ações a tomar. Vou fazer uma videochamada agora e…

— Vai não, chefinha.

— O que, Felipe?

— Nada de videochamada agora. Todo mundo pra cama, pro sono de beleza. Nosso sistema imunológico tem de trabalhar, temos de estar bem descansados, tratar da pele, dormir bem. E isso vale especialmente pra você, Sabrina. Ou acha que não vejo que você não está se cuidando? Nada de maquiar as olheiras, *ok*? Vocês

11 • Felipe • Testando Hipóteses

já têm minha foto para se inspirar no próximo cochilo. A gente se fala amanhã.

— É, o Felipe está certo. — Lucas sacou o meu argumento.

— Boa noite, pessoal. — Anne se despediu na hora.

— Tá bom, tá bom... — Sabrina, contrariada, também desligou.

Deu certo. Eu sei muito bem que Sabrina insistiria em agir naquela noite, mas precisamos de tempo para nós mesmos. Decisões tomadas no calor do momento não nos levariam a lugar algum. E ainda que pareça afoito e inconsequente, ninguém entre nós quatro sabe mais sobre isso que eu.

Tomo um pouco d'água com gosto. Nossa, é como se estivesse no fim de um treino de *parkour* ou uma trilha. Que isso? Câimbras, um efeito curioso de reflexo em meus músculos. Então a gente sente os efeitos dos esforços no outro mundo também, mas só quando somos chutados de lá. Bom saber. Vou anotar isso aqui também, no documento *online* com anotações sobre a relação entre as dimensões paralelas. Quero testar algumas hipóteses que tenho. Mas depois, depois deste caso com a rede da dor.

Lembro, ao voltar para o quarto, de outra discussão que tive sobre o Lucas, que insiste na teoria ficcional, na qual o mundo dos pesadelos é apenas uma espécie de projeção, uma fantasia coletiva. Mas nada tira da minha cabeça que o outro mundo é uma outra dimensão, uma das várias realidades probabilísticas que, por algum tipo de evento caótico, pode ser acessada. Já li alguns livros de divulgação científica sobre isso e se tem uma coisa que gosto é de documentários que exploram essa hipótese. Mas eu não sei se a versão que assumimos no mundo dos pesadelos é um avatar nesta outra dimensão, como uma simulação, ou se realmente existimos lá de alguma forma. Tenho de seguir com minhas pesquisas.

Na manhã seguinte, a dor de cabeça persiste, algo já costumeiro depois de uma noite de pesadelos. Estou sem fome, mas preciso comer bem. Meu pai passa e devolvo o silêncio. Parto para o Estações. Mas não sem antes conferir o visual, dar um trato no cabelo e limpar o tênis.

Eu preciso parar de falar com o pessoal no meio das aulas. Tenho de prestar atenção já que as provas se aproximam. Não quero ter de fazer as tarefas de recuperação, um "pé no saco". Mas as aulas parecem cada vez mais chatas.

Enfim, no colégio. Tudo normal. Hum... Não exatamente. Sabe quando você parecer ser observado? Por todos os lugares que passo, sinto essa impressão. Ah, eu vou me virar de surpresa. Bingo, dois caras me encarando. Assim que perceberam que foram descobertos, tentaram disfarçar. Acho que os dois foram zumbis que vimos no mundo dos pesadelos.

— Galera, agora está mais fácil saber quem faz parte da rede.

— Como, Felipe? — Sabrina foi a primeira a responder a minha mensagem.

— Parece que, inconscientemente, os zumbis continuam a nos perseguir, agora do lado de cá. Prestem atenção no intervalo. Fui seguido por dois caras que foram atrás de nós nos sonhos.

— Mas eles estão bem? — Era difícil o Lucas responder no meio das aulas. Mas, como ontem as coisas foram sérias, ele deve estar tão pilhado quanto eu.

— Parece que sim. Eu não falei com eles, mas, pelo que notei, não pareciam saber o que estavam fazendo ao me olhar. Estavam com cara de bobos, sabe?

— Caras de bobo? Como assim? — Anne entrou na conversa.

— Não sei explicar direito. Eles desviaram o olhar, não exatamente como se estivessem escondendo algo, mas como se voltassem a si. Foi estranho.

— Senhor Felipe, seria algum absurdo pedir, por mais uma vez, que não mexa no celular durante as aulas? — Eita! Fui pego. Agora é o improviso!

— Mas, fessor, olha só, eu tava pesquisando sobre a atividade que você pediu. Aqui, ó! — Mostrei um navegador aberto com uma busca sobre o tópico da aula: as origens históricas da desigualdade social no Brasil.

— Excelente! Boa pesquisa. Começou a produzir o seu ensaio sobre o tema?

— Ainda não. Eu gostaria de aproveitar a oportunidade para tirar umas dúvidas. Sabe como é, né? Gastei menos pontos na perícia humanidades...

11 • Felipe • Testando Hipóteses

Eu sei enrolar os professores, nisso eu sou bom mesmo. Tudo bem que o professor de história era particularmente bocó. Bastava dar uma oportunidade para ele falar que não parava mais. Mas eu preciso ser honesto, não sou apenas um manipulador. Eu realmente aproveito para aprender durante essas minhas jogadas. Afinal, recorrendo a essas microaulas, eu não repeti uma só vez no Colégio Estações.

O tempo correu bem naquela manhã até o intervalo.

— Presta atenção, Sabrina. Ali, atrás daquela árvore.

— Onde, Felipe?

— Não, Lucas! Fica na sua, cara. Não encara, senão você não vai perceber.

— Eu acho que já percebi, ali na janela do outro bloco. Mas não vou apontar. Pessoal, olhem discretamente naquela direção. — Anne sussurrou.

— Isso, dá pra notar bem ali.

— Ah, agora eu entendi, Felipe. — Sabrina deu zoom usando a câmera de seu celular caríssimo, fingindo que tirava uma *selfie*.

O intervalo rolando e a gente no pátio fingindo conversar sobre coisas bobas. E eu tentando mostrar o que tinha experimentado mais cedo. Sabrina desvelou o que estava ocorrendo e, ao dividir a manifestação sutil de seu poder conosco, notamos que havia uma espécie de camada translúcida por sobre eles, contornando formas cadavéricas do mundo dos pesadelos. Não havia dúvidas de que os eventos dos mundos estavam mais do que conectados, mas já se confundiam a ponto de interferir no comportamento dos estudantes do colégio à luz do dia.

— Vamos fazer um teste. Lucas, senta naquele banco e começa a ler um dos seus livros. Eu aposto que nessa sua bolsa aí deve ter pelo menos um. Aliás, só você mesmo para descer para o intervalo com a mochila. Você é esquisitão mesmo, hein? Um esquisitão fofo, mas ainda assim esquisitão.

— Eu desço com a minha pasta porquê...

— Não precisa se justificar, Lucas. Eu tô só te zoando, cara.

— Ah... tá bom, Felipe. Qual é o seu plano?

— Enquanto você senta lá, a gente fica aqui vendo como eles vão reagir.

— *Ok*. E não entendi direito o que você deseja com isso. Tô indo.

— Você vai descobrir, Luquinhas. Vai lá, meu herói. — Quando Lucas se virou, dei um tapinha em sua bunda, fazendo-o dar um pulinho enquanto Sabrina e Anne deram uma boa risada.

— Gente, o Lucas parece esperto. Mas de vez em quando é meio bobo. Será que ele não entendeu que está sendo uma isca?

— Ele é como você ao contrário, Anne. Lucas parece sempre sagaz e transparece ingenuidade em certos momentos. Já você parece boba, mas se revela ácida e esperta. — Não sei se Sabrina quis apenas fazer uma observação, ou se deu uma alfinetada na caçula do grupo. Talvez os dois.

Lucas sentou-se em um banco ensolarado e abriu um livro que depois disse se chamar Wamrêmé Za'ra, sobre mitos e histórias do povo Xavante. Em poucos segundos, ele já estava imerso na narrativa, uma das suas capacidades mais notáveis. O universo ao redor de Lucas se modifica por meio da ficção.

— Olha só! Eles estão sendo afetados! Isso é simplesmente fantástico! — Os alunos que o encaravam tiveram seus contornos monstruosos destruídos enquanto Lucas se perdia na leitura. Seria isso um indício de que a hipótese ficcional estava correta? Preciso tomar nota disso também.

— Tá bom, Felipe. O Lucas sentou ali, está lendo. E daí?

— E daí que você, Anne, subestimou o Luquinhas. Você achou que ele estava sendo uma isca, né? Mas eu o chamei de herói, não chamei? Então pronto. — Eu fazia caras e bocas enquanto falava com elas.

— Pronto o que, Felipe? Odeio quando você fica assim, todo cheio de si!

— Eu sou cheio de mim, Sabrina. Melhor aceitar, miga.

— Gente, dá pra parar com essa batalha de egos? Vocês dois nem parecem os mais velhos entre nós. Felipe, termina de explicar. Eu não entendi nada! — Anne fica uma fofura só com essa cara de perdida.

11 • Felipe • Testando Hipóteses

— Seguinte, gente. Parece que rompemos um limite ontem à noite, certo? Agora a gente está vendo os eventos do outro mundo atravessarem pra cá. Quando rompemos aquelas barreiras com os 'K' e quando encaramos as gêmeas, nós despertamos a fúria dos pesadelos. Mas isso significa outra coisa também...

— Outra coisa?

— Sim, Sabrina. Olha com mais atenção para o Lucas. Imagine que você está no mundo dos pesadelos ao olhar pra ele. Eu aposto que você, em especial, vai notar.

Sabrina virou-se novamente para o pátio e, ao olhar com atenção para Lucas, viu que emanavam formas diversas, belas, fantásticas ao redor do garoto. Em sua visão, não havia mais o pátio do colégio, mas fragmentos das imagens do livro que Lucas lia, girando em um turbilhão de formas, cores e emoções.

— Uau! — Sabrina tocou no meu ombro e no da Anne, e passamos a ver com clareza o que estava acontecendo a partir de então.

— Como eu pensei! Se os zumbis demonstravam a presença do mundo dos pesadelos aqui, nós podemos usar os nossos poderes para combatê-los. Lucas está usando, inconscientemente, o poder de conjuração dele ao ler o livro. A conjuração do Lucas nada mais é que a criatividade de escrever usando sua bagagem cultural, no caso, a leitura. E por meio da ficção, mesmo sem notar, ele ataca os zumbis. Viram como o Lucas é um herói de verdade?

— Incrível, Felipe!

— Curtiu? Acho que agora sim, Sabrina. Com este trunfo adicional, podemos ter aquela reunião para nosso ataque derradeiro!

Uma das coisas de que mais gosto ao estar com os três é não haver estereótipos entre nós. Ninguém me considera estranho por ter um pensamento analítico e ser descolado ao mesmo tempo. Meus amigos não me colocam em caixas, como o meu mundo. Sou útil tanto na parte da ação quanto na estratégia. Enfim, com eles tenho meu lugar, mesmo que isso aconteça entre os dois mundos.

O sinal encerrou o intervalo, mas foi necessário que Anne fosse até Lucas para lembrá-lo de voltar para a sala de aula. Ela aproveitou para explicar a ele o que havia acontecido. Lucas ficou bem feliz, ainda que tenha feito tudo involuntariamente. Quanto aos alunos atingidos pela redoma ficcional, nem sombra de seus contornos cadavéricos.

Por volta de onze da noite, entramos numa videoconferência.

— Ei, Anne. Demorou, hein?

— Desculpa, Sabrina. Estava falando com uma amiga. Perdi muita coisa?

— Ih, uma amiga... Vai se esquecer de seus amigos sonhadores. Pessoal, ela não nos ama mais!

— Para com isso, Felipe. Era a Sâmia, vocês a conhecem. Ela só queria jogar uma partida de um jogo *online*. Até falei que estava ocupada, mas como ela disse que não tinha com quem jogar, dei uma chance.

— Vai nos trocar mesmo. Oh, não!

— Para de ser dramático, Lipe. E então, o que vocês já discutiram?

— A gente estava pensando nas nossas próximas ações. Sabrina quer aproveitar os projetos culturais da escola de alguma forma para destruir os zumbis, como o Lucas fez hoje. Eu acho meio arriscado, já que o grêmio e os clubes perderam a força demais com o crescimento da rede. Pra mim isso seria um tiro no pé...

— Por outro lado, se conseguirmos uma boa mobilização dos alunos fazendo algo integrado, minamos as forças do pesadelo. Ele se alimenta da dor e do desespero, então se a segurança e o sentimento de criar algo junto aos demais ocorrer, damos um golpe duro no outro lado. — Lucas parece bem mais otimista que eu.

— Eu concordo com o Lucas, Felipe.

— Mas Anne, uma coisa é quebrar a influência e a aura zumbi, o que o Lucas fez hoje, outra coisa é fazer com que eles mesmos participem. Além de arriscado, vamos atrair a atenção das gêmeas. Pelo que consegui entender, elas vão apertar o cerco. Não tenho dúvidas de que voltarão ao colégio e tentarão nos sabotar.

— Verdade, Felipe. Elas são bem poderosas. Não sei se conseguimos bater de frente com elas sem minar a rede. E isso tem de ser feito acabando com a base da rede, as suas marionetes-zumbis.

— Entendo o seu ponto, Lucas. Mas já parou para pensar que

Keila e Karina também são marionetes? Ambas estão sendo controladas pelo pesadelo, lembra?

— Tudo bem, Anne. Boa observação. Mas será que ao romper as amarras entre o pesadelo e elas, nós ganhamos vantagem?

— Como assim, Sabrina? — Essa teoria eu não entendi.

— Era isso que tinha em mente desde quando saímos do sonho. Por isso queria fazer a reunião imediatamente. Já temos as informações, entendemos o propósito da rede, sabemos que o socador do mundo dos pesadelos representa esse jogo sádico. Mas as gêmeas Sá são vítimas também. Elas estão abaixo do pesadelo, sendo usadas por ele. Nada tira da minha cabeça que se nós chegarmos diretamente a elas, vamos acabar com tudo isso.

— *Ok*, isso parece bem óbvio, Sabrina. É claro que elas são o ponto central para focarmos nossas ações.

— É, Sabrina. Nada de novo até agora.

— Isso seria verdade se você me deixasse fazer essa reunião na última madrugada. Realmente não havia nada de novo naquele momento, Felipe.

— O que você quer dizer com isso?

Todo mundo começou a falar ao mesmo tempo na videochamada. Demorou um pouco até que conseguíssemos nos ouvir. E aí a madrugada já era alta.

— Aposto que o Felipe nem se tocou que nos deu a melhor ideia ao chamar a nossa atenção mais cedo, lá no Estações. — Sabrina sustentava aquele olhar de poder que ela tanto gosta de ostentar.

— Pera lá. Eu devo estar perdendo alguma coisa. Agora temos a presença de parte do outro mundo dentro do colégio. Também podemos manifestar nossos poderes para agir mais diretamente contra os efeitos dos pesadelos. Pelo que falamos até agora, se dermos mais segurança, conforto e estimularmos a solidariedade, a competição interna e a violência da rede caem por terra. Mas não estou conseguindo pegar a peça que está faltando pra isso tudo, gente — confesso que fiquei perdido.

— Que tal o gatilho entre os mundos? Não se lembra do que você mesmo disse, Felipe?

Lucas se lembrou de mais uma conversa que nós quatro tivemos. Neste papo, sustentei que era necessário um elo frágil, alguma espécie de *bug* nas realidades que possibilitaria a invasão da mente de alguém por um pesadelo. O nosso gatilho era um trauma, possivelmente, já que todos os sonhadores passaram a ter acesso aos sonhos lúcidos e aos poderes depois de terem experiências traumáticas. Contudo, as distorções entre os mundos podiam criar pessoas que aumentavam o rompimento da barreira entre as realidades, fazendo com que os pesadelos tivessem caminho aberto para intervir por aqui. Estes servos dos pesadelos, por assim dizer, não são muito diferentes de nós, sonhadores. Eles seriam, voluntária ou involuntariamente, a porta de entrada dos pesadelos para nosso mundo.

— Pera lá, Lucas e Sabrina. Vocês estão dizendo que as irmãs são como nós?

— Mais do que isso. Por que você não as viu diretamente em ação até agora? E mais, como elas sustentavam a rede sem estarem presentes? Como viam pelos olhos dos demais e controlavam suas ações?

— Sabrina! Seriam estes os poderes delas? — Como eu não notei isso?

— Foi exatamente isso que eu notei! Lá no mundo dos pesadelos ficou claro pra mim que elas tinham poderes, ainda que tomados de empréstimo do pesadelo, não sei ao certo. Mas se elas estão sendo controladas como marionetes...

— Por quem é formado por seus medos, é porque o pesadelo em si são os seus próprios medos projetados! O pesadelo que sustenta a rede da dor é a própria dor partilhada pelas irmãs! E isso explica também o fato delas não aparecerem a todo o momento para nos enfrentar. Elas também estão com medo, com muito medo!

— Boa, Luquinhas, meu herói acidental! E agora, Sabrina? Qual o plano?

— A gente pode usar tudo isso a nosso favor. Podemos fazer com que Karina e Keila nos observem, guiando-as até um ponto onde podemos acabar com o controle delas. Ao mesmo tempo, temos de proteger os alunos expostos à rede com as ações de segurança e solidariedade. O importante é conhecer a dor das duas durante o processo.

— Conhecer a dor delas? Por que, Sabrina?

— Acho que eu entendi, Lucas. Se elas são como nós, só fazendo com que encarem o trauma que tiveram é que poderemos livrá-las do pesadelo.

— Isso mesmo, Felipe! É essa a linha de ação!

— Olha, isso está ficando cada vez mais complexo. Olha só o número de coisas que vamos ter de fazer. Vocês estão falando pra gente se aproximar das duas, investigar o que ocorreu com elas, aumentar a segurança psicológica dos alunos, organizar o festival cultural, fazendo ressurgir os clubes, e dar a cartada final no mundo dos pesadelos? Isso parece algo hercúleo, gente. E tudo isso somado à semana de provas, algo que certamente aumenta a ansiedade da galera. Tudo bem que a dona Sônia está se esforçando para melhorar as coisas com as palestras, mas a soma de todos esses fatores torna tudo muito difícil.

— Pega leve, Lucas. Pense em cada etapa como um pilar a ser derrubado, como um detalhe, uma minúcia em um grande plano. Olhando assim, na confusão, é difícil. A gente tem a ideia geral e a Anne mandou bem. Você e eu ajudamos muito, mas ninguém, ninguém é melhor que a Sabrina pra organizar tudo e coordenar as nossas ações. Não é a primeira vez que ela nos lidera e não será a última. A gente consegue. — Foi a minha vez de ser otimista e confiante. A gente se apoia quando precisa. Acho que realmente somos um bom time.

Nós quatro viramos a noite planejando as ações para os próximos dias. Não dormimos, mas aquela madrugada em claro seria necessária para futuras boas noites de sono.

Elas são como nós.
Quem não tem dores?
Quem não projeta sua dor nos outros?

Capítulo 12: Sabrina

O PLANO PERFEITO

Hora da ação, Sabrina. Hora de fazer as coisas acontecerem. "Vamos resolver mais uma treta", como Felipe costuma dizer. Faz tempo que converso com ele, aliás. Eu gosto de como nossas conversas rolam. Ao mesmo tempo em que ele me vê como a líder dos sonhadores e me apoia, Felipe também dá uma espetada no meu ego ao mostrar que não posso fazer tudo sozinha. É... o Felipe pode até parecer – a quem não o conhece – apenas um brincalhão, mas ele sabe muito bem aonde está querendo chegar com suas "brincadeiras".

Lembro que faíscas eram comuns quando Lucas e Anne conheceram o Felipe. Lucas era quem ficava mais chateado, já que seu formalismo – maior até que o meu – não batia nem um pouco com o jeito descolado do Felipe. Foi no mundo dos pesadelos que a maior parte das implicâncias se resolveu. Seja porque as intenções, sentimentos e desejos são transparentes por lá, seja porque precisamos agir juntos para sobreviver, seja porque encaramos problemas maiores, nós sempre relevamos algumas discordâncias. De alguma forma, o plano que vamos executar tem a ver com tudo isso. Se vai dar certo? Você acha que algum plano criado por mim fracassaria?

— Sabrina, está falando sozinha outra vez? Menina, já é tarde e o colégio vai fechar. Sorte que passei aqui e notei a luz acesa. — Com vassoura e balde em punho, aquele homem de meia idade me surpreendeu.

— Nossa! Acho que me perdi aqui com tantas anotações. Que horas são, Seu Gomes? — Juntei a papelada sobre a mesa e guardei o *laptop* na bolsa.

— Seis e meia, minha filha. Quase todo mundo foi embora. Já terminamos a arrumação nas salas. Logo, logo o portão vai ser fechado.

— Muito obrigado. Já estou saindo — falei da forma mais seca possível.

— Olha lá, Sabrina. Tome cuidado porque tem esse pessoal machucado. Eu fico preocupado com as meninas andando na rua sozinhas e…

— Pode ficar tranquilo, Seu Gomes. Eu sei me cuidar bem.

Saí da sala do grêmio pensando nesta breve conversa. Sabe aquele tipo de pessoa que você não vai muito com a cara? Esse é Dagoberto Souza Gomes, o "Seu Gomes". Chamava-o de senhor Dagoberto, mas fui tantas vezes corrigida que me rendi à forma que ele gostava de ser chamado.

Anne insiste que julgo demais as pessoas, que tenho o nariz em pé. Não sei se ela está certa, mas se tem uma coisa que eu não gosto é de pessoas que supõem que você dá abertura e falam contigo como se tivessem intimidade. E o Gomes, que não é "meu", é esse tipo de pessoa. Já perdi as contas de quantas vezes tive de dar umas cortadas no papinho frouxo dele que, na verdade, só quer saber mais da minha vida.

144   *Lições:* **RUBRO E ROXO**

Mas a conversa revelou algo um tanto curioso. Ainda que as palestras de Sônia Avilar tenham surtido algum efeito, eu não esperava que o pesadelo mudasse sua atuação. Agora a violência seria fruto de ataques a jovens sozinhos que voltavam para casa? Nada mais clichê que essa história que, de tempos em tempos, regressa aos colégios. E o alvo são sempre as mulheres, supostamente indefesas, que têm de se preservar. Um medo fácil de aderir e que dialoga com o imaginário ao redor dos colégios. Uma mudança sem lógica alguma se as evidências da rede da dor fossem analisadas, já que garotos também são atacados. A questão é outra, um giro na narrativa para captar temores para além dos alunos, agora possivelmente neutralizados com os nossos poderes no colégio, mesmo acordados. A pressão para alimentar o pesadelo tinha de vir do medo coletivo, de todo o bairro.

O pesadelo dobrou as apostas. *Ok*, eu adoro ser desafiada. Agora que o meu plano precisa acontecer. E ele vai dar certo.

Na saída do Estações, vejo uma noite pouco estrelada. Não sou tão lírica quanto o Lucas, mas parar e observar um pouco o que está ao redor me acalma. Um bem-te-vi, ainda acordado, me chamou a atenção ao voar por sobre o estacionamento do colégio. Acompanhei-o com o olhar como que por instinto e notei que Sônia já tinha partido, seu carro não estava lá. Mas um carro do tipo sedã, bem espaçoso, começava a manobrar para sair, em um movimento coordenado com a abertura do portão eletrônico. Não era raro que a diretora Francine saísse tarde do trabalho, e foi ótimo encontrá-la ainda hoje. Chego à janela do carro depois de um pique.

— Oi, diretora, tudo bom?

— Sabrina? O que faz ainda no colégio? Já é alta noite e…

— Preciso me cuidar para voltar para casa, certo? — Tudo bem, preciso parar com essa mania de interromper os outros. Mas não tenho paciência. Anne já disse algumas vezes que soa rude de minha parte.

— Sim, isso mesmo. Estava até agora atendendo pelo telefone alguns pais preocupados com seus filhos, sobretudo na entrada do turno da manhã e na saída do turno da tarde. São os horários com as ruas mais vazias.

11 • Felipe • Testando Hipóteses

— Ah, com certeza. Justamente por isso que queria falar contigo, diretora. Na verdade, também vim pedir uma carona pra voltar pra casa, já que está "tão perigoso assim", né? — A ênfase no "tão perigoso assim" foi bem irônica. Sei que fiz caras e bocas, já que sabia que era uma mentira. Mas consegui convencê-la. No carro de Francine, vou ter mais tempo para iniciar o plano.

— Mas é claro. Pode entrar, Sabrina. Só não repara a bagunça. Você pode passar essa bolsa que está no banco do carona para trás. Mas você ainda não disse o que fazia até tão tarde no colégio. Algo importante no grêmio, tarefas de casa, ou estudo para os exames de admissão do fim do ano? — Francine sabia que eu aproveitava a sala do grêmio para estudar. Quando os clubes e grupos de estudos eram mais frequentados, algo que "a rede" afetou diretamente, fazíamos aulões e tutorias guiadas pelos próprios alunos em grupos de estudo. Eu gostava de explicar matemática, minha matéria favorita.

— Ah, sim, Francine. — Duas coisas de que gosto ao ser vista como mais madura que as outras alunas é o fato de chamar os mais velhos com naturalidade pelo primeiro nome, e a igual naturalidade deles em ceder o banco de carona para mim, e não os bancos de trás. — Estava na sala do grêmio, não estudando, mas tentando reavivar o projeto de feira cultural do Colégio Estações.

— Mas logo agora, pertinho da semana de provas? — Francine manobra com destreza apenas usando a ré. Ela é realmente boa no volante, parece que conhece cada milímetro do estacionamento, ainda que tenha chegado há pouco tempo no Colégio Estações. Sua forma fluida de manobrar é parecida com a forma de proceder junto à comunidade escolar. Não houve muitos enfrentamentos por parte dos alunos e quase ninguém percebeu a mudança na direção do colégio, ainda que muitos projetos mais progressistas tenham irritado pais disciplinadores. Uma diretora jovem com novidades pedagógicas foi um choque para quem se alimentava dos "bons tempos do Colégio Estações". Eu confesso que não gosto muito de coisas muito experimentais e preferia algumas coisas da última direção. Mas não há como questioná-la. Ela é dedicada, sabe o que está fazendo e, mesmo que indiretamente, já nos ajudou muitas vezes durante as jornadas pelo mundo dos pesadelos, pois sua direção promove a redução de muita tensão aos alunos.

— Justamente por isso, Francine. Todo esse clima tenso me fez pensar que uma atividade mais leve e lúdica pode ajudar a superar essa fase.

— Curioso que logo você, Sabrina, tenha essa ideia. Você costuma cobrar resultados e disciplina. — Ela me pegou no contrapé. Respiro fundo, mantenho o sorriso, encaro o pêndulo em forma de pentagrama roxo que está amarrado no retrovisor interno e, após respirar fundo, respondo.

— É que não é uma ideia apenas minha. As iniciativas que tenho conduzido junto à Sônia são importantes, mas a gente precisa mais do que palestras e instruções, não é mesmo? Foi o SOE e meus amigos que me ajudaram a ter essa ideia. — Nesse ponto eu não estava mentindo.

— Sim, você tem razão. Temos de deixar a escola mais viva! Tenho notado que os clubes estão vazios e não há movimentação do jornal nas redes sociais...

— Exatamente! E nada como uma boa feira cultural para tirar a galera da inércia e chamar os alunos do primeiro ano para ocuparem os clubes! — Ufa, acho que deu certo.

— Gostei disso. E olha, vou falar uma coisa aqui, mas pode ser só algo da minha cabeça. Acho que essas agressões que estão rolando não têm a ver com ataques nas ruas, algum delinquente, tarado ou mesmo gangue urbana. Não é raro que jovens tenham comportamentos autodestrutivos. Na verdade, adultos também têm e você vai saber disso em breve, ainda que eu torça para que não tenha esse tipo de experiência. Sem contar que há hormônios, tempestades de dúvidas, sabe como é.

— Ah, com certeza. Tudo isso está ao redor do mundo dos jovens. — Dei uma risada interna ao falar "mundo dos jovens". Mais uma vez, conversava com alguém mais velha que me tratava tão igual que, inconscientemente, me excluía do grupo dos mais novos. — Eu concordo com sua linha de pensamento. Faz muito mais sentido pensar em uma fonte constante de tensão do que em algo externo. E os hematomas e escoriações não estão apenas relacionados a um grupo específico de vítimas, como meninas.

11 • Felipe • Testando Hipóteses

— Isso mesmo, é algo maior, mais complexo do que um "homem do saco" que sempre aparece nos boatos escolares.

Vejo os tentáculos do mundo dos pesadelos se espalhando pelo bairro e ressoando à nossa conversa. Nem preciso manifestar o meu poder para notar que as luzes da cidade falham por onde passamos e que sombras se aproximam de forma antinatural do carro. A atmosfera do medo se projeta sobre a realidade e...

— Droga, o que é isso?

O impacto no para-brisas foi muito forte, trincando o vidro e fazendo Francine perder o controle do carro. Por puro reflexo, ponho minhas mãos na frente do rosto e torço para o cinto de segurança fazer o seu trabalho, mas o sedã consegue, após travar os pneus, deslizar e parar a poucos metros de um poste. Mais uma vez, a perícia da diretora ao volante me surpreende.

— Está tudo bem, Sabrina? Se machucou?

— Nada, foi só um susto. — Sabia que ficaria marcado de roxo onde o cinto foi pressionado, mas já experimentei dores piores, sobretudo no mundo dos pesadelos.

— Que bom. Vou conferir o que aconteceu. Já volto.

Francine sai do carro e, pouco tempo depois, aponta para o chão. Um bem-te-vi morto, ensanguentado. Ela não podia enxergar, mas ele estava envolto por uma camada de sombras. Os pesadelos já podiam tocar o mundo material, além da influência sobre suas marionetes. Algo me diz que foi a mesma ave que vi no estacionamento. Saímos do acostamento ainda com o cheiro de borracha queimada no ar.

Pouco tempo depois, chegamos à minha casa. Despedimo-nos e combinamos que trabalharíamos juntas, grêmio e direção, no festival cultural. Fiquei chateada não apenas pelo susto que tomamos e pela ardência em meu peito, mas sobretudo pela morte do pássaro e com o trincado no vidro do carro de Francine. Aquele carro parece um tanto caro e sei de toda a chatice que é colocar um automóvel no reparo, mesmo que seja para trocar um para-brisas. Pensando melhor, não sei, mas de tanto escutar meus pais reclamando, suspeito que deva ser algo bem chato. Não gosto da ideia da minha família ter dois carros. Já falei que não quero dirigir tão cedo, mas eles insistem que é algo que vai me dar mais independência. Sim, minha família sabe quais são meus pontos fracos para me convencer. Talvez tire a carta ano que vem, aos dezoito.

A noite foi rápida. Quatro frases com a família. Jantar. Banho. Tarefas da escola. Última olhada nas mensagens do grupo dos sonhadores. Cama. Mundo dos pesadelos cada vez mais caótico e nós quatro apenas nos esgueirando.

— Pessoal, amanhã o plano começa pra valer. Vocês notaram as perturbações na realidade, certo?

— Sim, chefinha. As coisas estão ficando cada vez mais doidas.

— Não saímos da sala do grêmio, nosso porto seguro no Estações do mundo paralelo.

— E, para piorar, agora tem um papo de gente sendo atacada em torno do Colégio, mas vamos usar isso a nosso favor. Se o pesadelo quer que a tensão social aja de fora pra dentro, nós vamos fazer com que a resistência ao medo rompa as barreiras do colégio. E pra isso, preciso de você, Anne, no final das aulas, na palestra que vamos dar na quadra sobre o festival cultural. Enquanto isso, os rapazes vão ter uma conversa franca com duas irmãs gêmeas que, como imaginei, voltaram a frequentar a escola para nos enfrentar diretamente.

— Mas... Eu, Sabrina? Logo eu que não falo bem em público?

— Pense comigo, Anne, você já é conhecida por parte da rede e estava próxima de entrar nela, certo? Você é o nosso ponto de contato. Eles vão te ouvir mais do que qualquer um de nós.

— E por que logo nós dois vamos falar com as gêmeas? — Lucas gosta de tudo muito explicado e isso, por vezes, me irrita.

— Você é bom em lógica, argumentação. É bom com as palavras. E o Felipe é o elemento de desestabilização. Precisamos afetá-las tanto com a razão quanto com a emoção.

— Mas isso não vai fazer com que o pesadelo se exponha ainda mais?

— Sim, Lucas. É exatamente isso que nós queremos. Nós duas vamos cortar de vez sua fonte de alimentação e vocês vão fazer com que o pesadelo apareça, agindo como uma grande isca. O xeque-mate será dado na noite de amanhã, quando voltaremos aqui e acabaremos com tudo de uma vez por todas.

— Aí sim, senti firmeza! Eu sabia que você não nos decepcionaria, chefa!

— Não me chame de chefa, Felipe. Nós somos um grupo de amigos. Acima de tudo, amigos.

A manhã seguinte começa bem intensa. Como havia terminado os estudos dirigidos de artes, física e biologia, deixo-os com os professores logo no início do turno, para garantir minha folga daqueles tempos de aula. Tenho um antigo hábito de estar sempre adiantada em relação aos planos de curso e domino o regulamento do colégio. Tudo bem, eu não uso essa manobra de folga a todo o momento, senão seria considerada favorecida pelo cargo que ocupo. Mas isso não se aplica a mim apenas. Todos que se envolvem em coletivos como clubes ou equipes esportivas podem ganhar folgas, contanto que entreguem certas tarefas aos professores e que mantenham boas notas. Este é um exemplo de mudança que a diretora Francine trouxe ao Estações que gerou muito, mas muito ruído com os pais que se orgulhavam do "antigo colégio tradicional".

Passo no serviço de orientação educacional e sou surpreendida por Sônia. Ela tinha conversado com Francine e já sabia não apenas da feira cultural, mas até mesmo do acidente em que nos envolvemos, lamentando pelo bem-te-vi. Eu não imaginava que Sônia era tão próxima de Francine, já que elas praticamente não conversam no colégio, para além das reuniões de costume, como conselhos de classe.

— Você se machucou, Sabrina?

— Nada, Sônia. Foi mais um susto que qualquer coisa.

— Olha lá, hein? Não é a primeira vez que você me esconde algo.

— Tá bom, vou abrir o jogo. O cinto me machucou um pouco aqui no ombro e no peito. Mas nada muito grave.

— Viu só como eu te conheço? Sempre se fazendo de forte! — Ah, Sônia, certas coisas eu preciso sim. — Mas me diga, como vai ser essa convocação para a feira cultural?

— Vou precisar que me ajude com a burocracia. Essa aqui é a lista de alunos que preciso que sejam liberados para ir ao auditório. Aliás, já conferi que ele não está reservado e que o material de som, microfone e as outras coisas de que vamos precisar estão funcionando.

— Vamos precisar de algo a mais? — Sônia me passa uma bala de cereja. Agradeço, mas dispenso. Doce demais para o meu gosto. Se fosse de menta ou algo mais forte, tudo bem. E justo de cereja? Sim, eu já tinha provado esse sabor. Aquela menina do Colégio Tamarindo, a Vanessa, adora essa bala. Até que ela seria útil para chamar atenção aqui. Se há uma coisa que ela tem de sobra é carisma. — Alô, Sabrina? Você me ouviu?

— Oi, desculpa. Não se preocupe, não me referia a você. A Anne vai palestrar comigo sobre o festival cultural.

— A Anne? Justo ela? Você sabe que ela é tímida! Não é melhor chamar o Felipe?

— Digamos que a Anne é a pessoa perfeita justamente por ser como ela é. Aliás, você consegue gerar essa lista de dispensa de alunos junto à coordenação até antes do intervalo? Pensei em passar pelas turmas convocando-os logo cedo e passar novamente depois do intervalo, para garantir que eles vão.

— Não vou discutir. Jovens e seus segredos... — Sônia confere a lista e, depois de avaliar o número de alunos fazendo uma careta, disse: — Sem problemas. Antes do intervalo, estará pronta. Deixo na sala do grêmio?

— Não, devo arrumar a apresentação direto no auditório, para ganhar tempo e testar tudo. Não quero falhas. Você pode deixar direto lá?

— Não é melhor que eu passe nas turmas então e convoque os alunos?

— Melhor não, eu preciso dar o recado. Não faria efeito contigo.

— Mas hein? Nossa, Sabrina, você estava se abrindo mais, delegando as tarefas. Já disse que se seguir controlando e pegando tudo para si, ainda vai ter um colapso nervoso. Confie mais nos outros, menina!

Hoje não. Hoje tem de ser do meu jeito.

11 • Felipe • Testando Hipóteses

Sem sobressaltos no auditório. Tudo testado. Enviei mensagens para Anne com o roteiro para nossa fala. Sônia passa e deixa a lista de alunos em papel timbrado do colégio e com espaço reservado para a assinatura dos professores, abonando as faltas nos últimos tempos de aula. Perfeito.

Em alguns minutos, passo pelas salas e faço a convocação. Enquanto isso, Felipe confirma que vai falar no sistema de som durante o intervalo, reforçando a chamada. Tudo segue como planejado. Consegui o tempo para passar na sala da direção, algo que foi combinado por meio de mensagens com Francine. Já tenho o meu trunfo final.

O intervalo transcorre sem problemas. Lucas se reúne com os demais, dizendo que não apenas Keila e Karina pareciam um pouco agitadas, como envoltas pela atmosfera bizarra do mundo dos pesadelos. Ele havia passado na frente da sala das duas, que não desceram.

Fim de intervalo, agora é só esperar. Anne ensaiou um pouco a fala até que o auditório começou a ser preenchido com os diferentes níveis da rede da dor. Zumbis e espectros eram vistos por mim. Chegou a hora.

— Oi, oi, gente. Todo mundo está conseguindo me ouvir? Vocês do fundão, estão me ouvindo bem? — Fala logo, Anne. Não enrola! — Meu nome é Anne, e muitos de vocês já me conhecem. Eu estou na primeira série e já faço parte dos... — Não, Anne, não trava agora! Agora não! — clubes e... estamos aqui pra convidar... — Fala mais alto, menina. Olha lá as sombras crescendo em volta deles!

Não me contive. Levantei da operação do computador do auditório e coloquei um fone no ouvido dela.

— Acho que está faltando retorno, Anne. Retorno!

— Oi?

— Olha para eles e ouve. Ouça bem.

— Ah! Entendi!

Voltei um pouco mais aliviada. Ela finalmente entendeu que era para usar seus poderes para ouvir o que pensavam, sendo mais fácil argumentar assim.

— Como eu dizia, a gente precisa do apoio de vocês para a feira cultural que vai ocorrer durante a semana de provas.

— Como assim? Na semana de provas?

— Isso mesmo. O colégio está tão chato, não é mesmo? Imagine um momento no qual você pode pesquisar, fazer o que mais gosta, dedicar-se a um projeto que você mesmo tenha escolhido? E o melhor, não vai ser algo fechado na escola. Vai ser grande!

— Como assim?

— O Colégio Estações vai abrir as portas e todos os moradores do bairro vão poder participar do festival cultural! Vai ser uma grande festa!

— Que ideia louca! Só vai atrapalhar os estudos!

— Não se preocupe, pois as atividades farão parte das avaliações. Ou seja, a feira cultural vai compor a nota desse bimestre!

Os poderes de Anne faziam com que as respostas que ela dava fossem cada vez mais assertivas. Pouco a pouco, as sombras dos pesadelos se desmanchavam, indicando o crescente apoio dos alunos. Os sorrisos brotavam, os ombros relaxavam.

Francine mandou mensagem confirmando que a feira cultural foi votada como uma atividade global pelos professores no intervalo. Perfeito. Simplesmente perfeito!

— Gente, eu adorei! — Para nossa surpresa, uma voz se destacou no meio dos alunos. Era Bianca! Sim, depois de dias em casa, Bianca e Flávio juntaram as forças e voltaram ao colégio! Nossas ações estavam surtindo efeito e foi bonito ver Anne e Bianca criando um laço de apoio por meio de um olhar.

— Galera, vamos participar! Mas como é que vai rolar? — Flávio se mostrou empolgado também. E isso era ótimo! Era possível sentir os medos sendo substituídos pela vontade de se expressar, de fazer algo coletivamente.

— É simples! Basta se inscrever em alguma atividade por meio de um dos coletivos, de um dos clubes do colégio! Ainda hoje, cada clube postará os formulários de inscrição nas redes sociais.

— Eu ajudo cada um de vocês, caso precisem de orientação. — Foi a vez de Sônia nos apoiar.

11 • Felipe • Testando Hipóteses

Tudo correu como planejado. E o melhor, com o colégio aberto durante a feira, o medo que crescia no bairro seria fulminado. Mas precisávamos abrir caminho para o golpe final, e isso aconteceria depois da reunião com os alunos, na saída do turno da manhã.

Como tinha de arrumar o auditório, devolver as chaves e confirmar com Sônia e Francine a execução da feira, não pude testemunhar o que, nas palavras de Felipe, foi um espetáculo.

— Vocês tinham que ver a cara estranha daquelas duas quando falamos que tudo ia acabar hoje à noite! — Grrrrr. Felipe insiste em mandar mensagem de áudio.

— Quando eu disse que conhecíamos a operação da rede, ambas negaram. Mas, conforme fui apresentando argumentos, elas pareceram se transformar, até ficarem com aquela expressão de marionetes do mundo dos pesadelos. Eu fiquei até com um pouco de medo, mas quando perderam a consciência por um tempo, sabíamos que estávamos falando com o pesadelo. Foi quando as duas, em uníssono, disseram que nos aguardariam hoje para resolver de vez nossos problemas. — Lucas concluiu.

Na noite de hoje, alguns vão sonhar mais aliviados.
Outros vão lutar para que continuem sonhando.
Uma coisa é certa: alguém vai perder.

Capítulo 13: Sonhadores

LUTANDO CONTRA OS PEQUENOS PODERES

Felipe estava mais inquieto que de costume naquela tarde. Seu coração ainda batia forte, muito forte. Vez por outra, a imagem das gêmeas bufando causava leves espasmos de ansiedade.

— Desculpa, Dona Sueli. Eu prometo limpar o

chão.

— Está tudo bem, garoto? Já é a segunda caixa que você deixa cair.

— Sim, tá tudo bem. Só estou um pouco distraído. Semana de provas, sabe?

— Ah, sim. Olha, você pode sair mais cedo para estudar. Eu dou conta do recado, hoje está bem tranquilo. Não vamos receber mais fornecedores e o mercado está bem-arrumado.

— Não é preciso. Eu já estou bem. Acho que estou com toda a matéria em dia. É mais nervosismo, talvez até fome. — Felipe respondeu dando uma risada para disfarçar, já pegando o esfregão para limpar o corredor do mercadinho.

— Tudo bem, não vou insistir. Mas se precisar, é só falar.

Tudo o que Felipe queria era continuar por ali. Quando estava focado no trabalho, o tempo passava mais rápido. Além disso, sabia que se deixasse o nervosismo tomar conta de si, não teria paz. Até lá, deixava todas as gôndolas impecáveis e fazia questão de levantar do caixa sempre que possível, seja para olhar o que ocorria na rua, seja para ajudar Sueli em algo.

O final da tarde aumentou a circulação do mercadinho, gerando o efeito desejado por Felipe. Pouco tempo depois, já dava a hora do rapaz sair e do estabelecimento fechar.

— Até amanhã, Felipe! Ligue para mim caso precise faltar para estudar, tudo bem?

— Vou nessa, dona Sueli! Fica tranquila. Amanhã trarei uma surpresa para o lanche da tarde!

Felipe pensou em um pequeno mimo. No caminho do colégio para o trabalho, ele passaria na padaria para comprar um pão doce bem bonito para comer com dona Sueli. Ela é bem atenciosa e merece esse presente. Nada como comer junto algo gostoso para celebrar uma amizade.

Mas havia outro motivo para esse pequeno presente. Felipe costuma criar o que ele chama de âncora, um motivo a mais para se empenhar na incursão no mundo dos pesadelos. E hoje é o grande dia. Com a promessa de fazer a surpresa à Dona Sueli, ele teria uma motivação a mais para voltar bem do mundo dos pesadelos. Isso pode parecer pequeno. Não para Felipe. E ele nunca se esquece de suas promessas

Mas o caminho de volta para casa o tirou do eixo novamente.

Nos primeiros passos dados fora do mercadinho, Felipe já sentiu a atmosfera opressiva ao seu redor. Sabrina o havia advertido sobre o risco que as distorções proporcionariam, sobretudo depois do enfrentamento aberto fora do mundo dos pesadelos.

Os galhos das árvores pareciam se mexer, projetando-se sobre ele. Felipe, assustado com o que via, apertou o passo. As sombras se estendiam e o vento daquele início de noite parecia cortar seus braços. Ao redor, olhares julgavam o rapaz, que não via nada além da face de seu pai e de todos que o agrediam desde a sua infância tomando as faces dos moradores do bairro. O pesadelo sangrava no mundo real.

Por puro instinto, Felipe correu. Correu como nunca, desviando-se das farpas arremessadas pelos olhares. Já não sabia se estava acordado ou sonhando, se as distâncias que atravessava enquanto suas pernas faiscavam a cada passada eram ou não fruto de sua imaginação.

Por sorte ou perícia, desviou-se de um ônibus bizarro que gotejava algo pegajoso e simplesmente apareceu a sua frente ao dobrar a esquina de casa. Focado na fuga, ele não se abalou com o xingamento do motorista, agora um grunhido de uma besta. Foi por pouco.

Então, reuniu suas forças e saltou ali mesmo da calçada. Será que conseguiria? Esticando-se até seus limites, Felipe pendurou-se no muro da casa do vizinho. Exasperado, sentiu algo acertar suas costas, mas apenas queria entrar em seu quarto, a essa hora, a poucos metros dele.

Mais um salto separava Felipe da janela. Ele não podia falhar justo agora.

E não falhou.

* * *

Anne estava mais animada que de costume ao término da palestra no auditório do Colégio Estações. Nunca em toda a sua vida falou com tanta desenvoltura para tantas pessoas. Ao lembrar que, há pouco, cruzara olhares com aqueles que partilharam sua quase entrada na rede da dor durante as tardes e noites na Gusmão Lanches, não sentiu medo. Pelo contrário, ela até mesmo sentiu certo calor no peito. Era ela que os acolhia, com ternura e palavras que desenhavam um futuro melhor a todos.

Logo após descer do palco, a jovem foi abordada por vários alunos. Sabrina, que arrumava o equipamento de som junto à Sônia Avilar, se preocupou, mas Anne acenou para a amiga, indicando que tudo estava bem.

— Oi, Anne... A gente queria te pedir desculpas. — Bianca estava acompanhada por Flávio. Ambos de braços cobertos por um casaco. Eles continuaram a se ferir por um tempo. Era difícil sair da rede de uma hora para outra.

— Desculpas? Imagina.

— É que rolaram umas coisas complicadas. — Flávio seguia olhando para o chão, até tomar coragem para encará-la. — Mas acho que você já sabe. Falaram pra gente que você estava praticamente dentro do... esquema. Pensei que já conheceria toda a... estrutura...

— Sorte que me puxaram para fora na hora certa. E é isso que estou fazendo aqui. — Anne lembrou-se da força que recebeu de Sâmia durante as conversas na Gusmão Lanches. Ainda falaria com os outros sonhadores sobre a importância de estender o círculo de amizades ao lidar abertamente com o outro mundo. Afinal, apenas Felipe tinha uma vida social mais ampla. Sabrina falava de Alex e de seus veteranos, mas eles já se formaram e não há muito contato com eles, e o Lucas, apesar de envolvido com o jornal e com o clube de artes, é bem solitário. Pensando bem, Sâmia, sua nova amiga, não era de muitos amigos. Ela se assemelhava à Sabrina por não gostar tanto da companhia de adolescentes.

A conversa foi breve, porém deixou claro que os problemas entre Flávio, Bianca e Anne estavam no caminho de serem superados. Bianca pediu os contatos de Anne, que passou ali mesmo, ainda no Estações. Porém, ao tentar adicionar seus novos amigos, notou algo estranho em seu *smartphone*. Ele parecia mais lento, travado, estranho. Talvez faltasse memória ou era um simples *bug*, algo comum nestes tempos.

Infelizmente, estava errada.

Como de costume, Anne voltou para casa ouvindo *podcasts*. Ela aproveitou para tomar um pouco de sol, coisa que há alguns dias não fazia.

Contudo, durante o banho de sol quentinho da tarde, algo bizarro começou a ocorrer. As vozes dos apresentadores de seu programa semanal sobre cultura e arte tornaram-se cada vez mais graves, a ponto de não serem mais reconhecíveis. Anne tentou, por algumas vezes, mexer no aparelho, sem sucesso. Então tirou os fones e foi acompanhada pelo som do bairro, que quase tinha se esquecido de que existia.

Ao chegar em sua casa, tentou reiniciar o aparelho enquanto ouvia o programa por seu computador. O celular voltava a responder como de costume, até finalmente adicionar os contatos de Bianca e Flávio. Porém, o som do *podcast* no computador trouxe novamente as monstruosas vozes, que agora ecoavam por todo seu quarto. Elas não seguiam mais a pauta do programa, mas começaram a violentar a mente de Anne, penetrando por seus ouvidos e fazendo-a sentir uma profunda dor, que ia de seus tímpanos às profundezas de sua mente.

A menina caiu, golpeada pelo som dos pesadelos.

Anne se debateu e girou pelo chão do quarto, derrubando o que estava sobre sua mesa. Não sabia se gritava ou apenas abria a boca, já que não ouvia nada além das vozes bizarras. Foi quando seu braço puxou o cabo de força, desligando o computador e cessando a fonte de seu sofrimento.

Horas se passaram com Anne no chão, em posição fetal. Após ensaiar algumas vezes, ela decidiu levantar-se. A menina pensou que suas orelhas sangravam, mas felizmente estava enganada. Até agora, ela não sabe se foi um puro acaso que a salvou, ou se puxou a tomada de seu computador voluntariamente. Isso não importava, porém. Tinha de estar bem para a noite. Então, decidiu ler um pouco até o jantar, o que fez em seu quarto. Ela decidiu nem ao menos conversar com sua família naquele dia.

O silêncio a acompanhou até a hora de dormir.

* * *

Lucas estava trêmulo em seu quarto. Por mais uma vez, ele percorreu a estante e não conseguiu fixar seu olhar em nenhum dos muitos livros que possui. Havia certo metodismo na organização do rapaz. Alguns com mais destaque, suas obras favoritas e revisitadas, outras próximas a uma das pontas, com uma singela nota que dizia "doação" na estante. Não eram obras ruins, pelo contrário. Tão potentes que deviam ser lidas por mais pessoas o quão breve possível. Lá estava uma Conceição Evaristo, um Aílton Krenak e um Mário Quintana, por exemplo.

Lucas tem um jeito muito peculiar de organizar os títulos. No lugar de tema das obras, período da escrita, gênero ou nome do autor, palavras como "para mim", "saudades", "dor", "brincadeiras", "quebra-cabeças", "descrições", "personagens" e outros índices tornavam sua estante um repositório de estudos. A mesma obra migrava de posição, sendo reabordada segundo a plaqueta de identificação. O Livro do Desassossego, por exemplo, migrara de "para mim" para "brincadeiras", sabe-se lá o que Lucas queria dizer com isso.

Após abandonar o desejo de ater-se a alguma obra e ler um pouco, Lucas foi à escrivaninha e abriu um de seus cadernos. Não demorava muito para que ele começasse a escrever em um dia normal. Já era parte de sua rotina escrever ao menos duas páginas diárias. Quase sempre era mais, inclusive. Por vezes poemas, anotações, exercícios de escrita, contos e crônicas. Tendo ao seu lado um bom dicionário e seu celular para alguma eventual consulta na internet, sabia que entre trinta minutos e uma hora teria algo pronto. Foi assim que descobriu, no início do mês, que já tinha material suficiente para publicar seu primeiro livro, algo que sua insegurança não permitia.

Mas, naquela tarde, nada parecia dar certo. Nem mesmo o grupo dos sonhadores tinha alguma mensagem para aguçar sua imaginação. O mesmo podia ser dito dos portais de notícias, nem um pouco interessantes. Se bem que poderia cair um meteoro na Terra naquela tarde que nada ajudaria Lucas, preocupado demais com a noite de sono que teria e com o derradeiro enfrentamento do pesadelo.

Chateado e inquieto, Lucas decidiu levantar-se para lanchar algo. Talvez uma fruta ou biscoito. Mas certamente um café fresquinho para acompanhar. Seus pais adotivos brincavam com ele dizendo que adquiria cedo um hábito de gente velha, coisa que nem eles mesmos tinham. Para Lucas, o café era sagrado. Tomava sempre pela manhã e à tarde. Seu dia não estava completo sem café.

Contudo, Lucas estava preso à cadeira.

Tentou levantar algumas vezes, mas seu corpo não respondia. Sentia-se pesado, ao mesmo tempo, inerte. Olhou para o braço da cadeira buscando cordas. Nada. Então focou-se nas pernas, para tentar concentrar as forças ali. Nada. O ar começou a fugir do peito enquanto as paredes de seu quarto começaram a se mexer.

Merda! Paralisia do sono logo agora! Eu peguei no sono sobre a mesa! Se conseguisse gritar, era o que faria, mas nada saiu de sua boca. Aflito, usou toda a força que tinha para se jogar para trás, derrubando-se da cadeira. O impulso foi forte, mas ele foi aparado por mãos cadavéricas que o impediram de girar da cadeira de madeira ao chão, aprumando-a novamente rente à escrivaninha. Em um ato de desespero, Lucas aproveitou o movimento de retorno e jogou seu corpo para a frente, fazendo sua cabeça atingir com força o caderno aberto. Antes do impacto, conseguiu ler "Não olhe pra trás".

Acordou ensopado de suor, na mesma escrivaninha, cheio de fome, com um galo na cabeça. Ainda faltavam algumas horas até se reunir com seus amigos.

* * *

— Você foi incrível, Sônia! Ajudou em todos os detalhes e até mesmo agora, no desmonte dessa parafernália elétrica.

— Ah, pare de drama, Sabrina. Nem tem muito o que fazer agora. É só desligar e guardar os equipamentos. Do jeito que você está falando, parece que estamos desmontando a parte de som de um festival de música.

— *Ok*, você ganhou nessa. Almoçamos juntas?

— Hoje não, Sabrina. Tenho alguns assuntos a tratar e vou aproveitar o almoço para me reunir com Francine. Você sabe que não é a coisa mais fácil do mundo tocar o Estações, sobretudo com um festival cultural aberto à comunidade.

— Amanhã então?

— Algo sério a falar?

— Hum... Hoje não. Mas talvez amanhã tenha...

— Tudo bem, mocinha enigmática. Espero que esteja menos hesitante amanhã. Primeiro, porque não combina muito com você. Segundo, porque vamos ter muito trabalho para fazer o festival acontecer durante a semana de provas, não é mesmo?

— Combinado! — Se Sabrina almoçasse com Sônia Avilar, falaria tudo sobre o mundo dos pesadelos. E talvez o faça amanhã. Será que ela a consideraria louca?

Sabrina decidiu permanecer no colégio na parte da tarde e adiantar o máximo possível o festival cultural. Para manter os alunos antenados, abriu a votação para o título do festival nas redes sociais do grêmio. Cada clube teria três dias para sugerir um nome e a escolha seria feita por meio de enquete *online*. Para sugerir o nome, é necessário filiar-se a algum clube, e, junto à postagem que fez, Sabrina listou os procedimentos de inscrição para as atividades no festival, deixando o contato do responsável de cada um. Enquanto fazia as postagens, deixou uma mensagem com tudo, inclusive a avaliação que faria parte da média bimestral em dois grupos, o de representantes de classe e dos presidentes dos clubes. Assim, quando as turmas pedissem informação sobre as gincanas, exposições e projetos, todos já teriam as informações. Ter tudo planejado no início do ano letivo e não perder as cópias dos anos anteriores acelerou muito o processo.

Tudo estava indo bem, já que adorava ter o tempo todo ocupado com tarefas. Mas ela notava que a tela do seu *laptop* piscava de uma forma estranha. Já imaginando ser a pressão do mundo dos pesadelos, correu para terminar o que fazia o mais breve possível, notando que a própria sala do grêmio estudantil passava a se transformar. Os dedos percorriam o teclado com uma velocidade sobrenatural até que, depois de um *enter*, ela subitamente fechou o dispositivo, desligando-o automaticamente. Por pouco.

Sabrina voltou para casa antes do final do turno da tarde, jurando não olhar para trás e esquecer o gemido de dor que seu *laptop* dera ao ser fechado.

* * *

— Gente, tudo bem? Vocês estão meio estranhos. Aconteceu alguma coisa?

— Você também está bem pálida, Anne. Pelo que vejo, todo mundo sofreu uma visitinha do mundo dos pesadelos, ou estou errada?

— É, Sabrina. No meu caso, foi voltando pra casa. Uma loucura. E ainda fui atingido nas costas. Minha blusa bonita, daquelas boas de sair, sabe? Já era.

— E o ferimento? Sabe o que te atingiu?

— Nem sei, Lucas. Podem ser sombras, galhos de árvore. Sei lá. Não fui doido de olhar pra trás. Pulei por sobre a casa do vizinho e quando vi já estava no meu quarto.

— Gente, será que podemos nos focar? A gente pode trocar figurinhas a qualquer momento. Mas agora temos algo a fazer, correto?

— Eu concordo com a Sabrina.

— De acordo, Annezi... Digo, Anne. — Lucas pensou em chamá-la de Annezinha, mas certamente seria repreendido com brincadeiras por Felipe.

— Todos se lembram do que fazer, correto?

— Sim, chefa!

11 • Felipe • Testando Hipóteses

Felipe chamou Sabrina de propósito desse jeito, piscando o olho para Lucas e Anne, que deram uma risada, aliviando um pouco a tensão no auditório do Colégio Estações no mundo dos pesadelos. E o auditório era uma parte muito importante para o plano dos sonhadores.

Sabrina realmente era esperta, muito esperta. A reunião que convocou mais cedo, no mesmo espaço, mas no mundo real, criou um ponto de clara oposição, uma bolha de segurança praticamente impenetrável no coração da escola distorcida.

Como o auditório abrigou talvez o grande ponto de virada e alívio aos integrantes da rede, ele estava sem qualquer mácula de corrupção da realidade alternativa, transmitindo até certa tranquilidade. E mais, na plateia estavam os mesmos alunos que assistiram à fala das duas sonhadoras mais cedo. Para eles, os quatro amigos estavam em uma peça, uma vez que vestiam figurinos especiais, ou melhor, suas personas no mundo dos pesadelos. Aqueles alunos teriam um sonho partilhado bem especial naquela noite. Pena que não se lembrariam no dia seguinte.

— É hora da ação, pessoal!

Após o chamado de Sabrina, os olhares de todos se concentraram no livro aberto de Lucas, que usava suas tradicionais vestes do século XIX. Em poucos movimentos, ele escreveu algo no tomo aberto. A seguir, a parede do auditório transformou-se em um grande portão.

Felipe partiu como um raio azul, atravessando as cadeiras do auditório. Após aberto pelo rapaz, o portão já mostrava o pátio com Keila e Karina distorcidas, zumbificadas pela primeira vez no outro mundo. Como não havia mais ninguém para predar, as duas marionetes passaram a ser a única fonte de medo para o pesadelo, que finalmente se revelou. O pilão ao centro daquele estranho culto rítmico não batia mais, não havia mais labirintos e nem mesmo cordas de marionetes eram vistas.

No lugar disso, uma massa purulenta com vários antebraços feridos, sangrando e mãos com dedos atrofiados e contorcidos debatia-se enquanto derrubava as árvores do pátio do colégio. Não havia nada além de caos. As mãos pegavam o que estava ao seu alcance e cravavam na própria massa de seu corpo, fazendo a coisa emitir um urro absurdo, já que não havia por onde o som sair. Pouco tempo depois, o monstro aumentava de tamanho e buscava outro alvo. O instinto de se ferir e adquirir mais poder era a única coisa que parecia fazer sentido, se é que é possível dizer que algo fazia sentido naquela cena grotesca.

Enquanto o pesadelo buscava o que estava ao seu alcance para se alimentar, Keila e Karina, ou o que sobrou de suas mentes controladas, vinham ao encontro de Anne e Sabrina, que partiram do auditório cavalgando no cavalo da primeira, já apontando sua lança para uma das irmãs, indistinguíveis a esta altura. Enquanto a carga ganhava velocidade, a plateia no auditório se inflamava e gritava, apoiando as duas heroínas, tudo como Sabrina planejou. Ambas receberam a força dos alunos e atravessaram um zumbi, partindo seu corpo em pedaços.

A irmã que sobrou tentou partir atrás das duas, que seguiam na direção do pesadelo destituído de seu domínio. Diferente dos demais zumbis, ela se mostrou ágil e se jogou por cima do cavalo em disparada, mas foi impedida por um chute giratório de Felipe.

— Isso aqui eu aprendi lendo mangá!

O corpo da irmã zumbi atravessou o pátio e ficou cravado na parede do bloco C. E antes que pudesse sair daquela posição, Felipe o finalizou com uma sequência de golpes em alta velocidade que jogou partes da criatura por toda parte.

— E isso eu aprendi vendo filmes B do século passado!

O misto de nojo e comédia tomou conta da plateia. Eles nem perceberam os sonhadores tremendo a cada ação. Para eles, era apenas um sonho divertido e até mesmo *non sense*. Mas Lucas, Sabrina, Felipe e Anne estavam lutando para valer.

— Vamos, Lucas, cadê você?

O rapaz atendeu ao apelo de Sabrina, que, junto à Anne, seguia na direção do monstro. Em mais alguns gestos ágeis, o rapaz moldava a realidade enquanto escrevia naquele livro mágico. Era possível ver que os corpos destruídos dos zumbis tinham fios praticamente invisíveis conectados ao pesadelo, agora trêmulo e girando sobre si mesmo, começando a criar um vórtex no centro do

11 • Felipe • Testando Hipóteses

pátio do Estações. E lá dentro, dois brilhos passaram a responder ao feitiço de Lucas. Seriam as mentes das gêmeas.

— Vão lá, meninas! O pesadelo já foi exposto! Salvem as irmãs!

Novamente, o coro dos alunos as impulsionou, mas as mãos gigantes e antebraços atingiram Anne e Sabrina, derrubando-as do cavalo, que se desmaterializou logo em seguida. Foi quando Felipe cuidou de deixar alguns braços ocupados chamando-os para briga. Lucas correu para ajudá-las, mas tropeçou no caminho e se estatelou no chão.

Cuspindo sangue de lado, Sabrina se concentrou e apontou para Anne.

— Ali, Anne. As duas estão ali. Eu consigo senti-las presas ali dentro. Basta abrir essa coisa.

— Eu consegui ouvi-las depois que o Lucas fez a conjuração. Mas, minha lança... Ela também se desfez quando caímos.

— Temos nossas mãos, gata. E a força dessa galera toda nos empurrando.

As amigas ampararam-se e projetaram-se na direção daquela coisa. Colocando toda a força que ainda tinham em seus braços, rasgaram a carne podre daquela massa estranha e retiraram, envoltas em um pus fedorento, as irmãs Keila e Karina dali de dentro. As sonhadoras nem notaram a barreira mágica que Lucas havia feito, protegendo-as dos ataques dos braços que Felipe não conseguia combater.

— Anne, é você?

— Sabrina? A presidente do grêmio?

— Isso mesmo, meninas. Tudo isso foi um grande pesadelo. Mas agora vocês já podem acordar. — O corpo do pesadelo desmanchava-se enquanto o colégio recobrava sua forma normal. Enquanto isso, os aplausos dos alunos no auditório ovacionaram os quatro sonhadores no final climático da peça a que assistiam.

— E... e agora? Acabou? — Keila perguntou enquanto se reerguia, ainda coberta pela gosma do monstro.

— Pelo contrário. Agora que as coisas começam. Vocês já estão livres do pesadelo. É hora de vocês começarem a agir e desfazerem tudo o que criaram lá no nosso mundo.

— E como a gente acorda?

— Isso é fácil. Eu só estava esperando vocês perguntarem.

— Mas não precisa, Sabrina! — Lucas ficou preocupado.

— Ah, precisa sim. Elas deram muito trabalho, e a última vez que a gente acordou foi de supetão. Então, vai ter troco! — E com bofetões bem dados, as duas acordaram assustadas, enquanto a palma da mão da presidente do grêmio ardia e a sonhadora dava uma gargalhada de vilã de desenho animado.

Enfim, o pesadelo se desfez.

Os sonhadores conseguiram.

É hora de comemorar um pouco.

Capítulo 14: Lucas

AS CASCAS DAS FERIDAS

Poucos dias se passaram desde quando Sabrina convocou os alunos ao festival cultural. O evento, agora chamado de Estações em Rede, já pulsava pelas artérias do colégio. Desde então, tivemos dias bem agitados, mas de sono tranquilo. Trabalhei como nunca nos clubes de artes e literatura. O esforço foi dobrado com o volume de informações sobre o festival e sobre a semana de provas, que vão rolar ao mesmo tempo.

A Anne sugeriu que aproveitasse o jornal do colégio para reduzir a circulação do boato sobre supostos ataques às alunas. Eu questionei se isso teria efeito, já que os pais pouco acessavam as mídias virtuais do jornal, de acordo com o relatório que extraio do *site*. Contudo, Sabrina me convenceu ao dizer que seria ótimo fazer uma série de reportagens investigativas para desconstruir o boato. Ela pegou no meu ponto fraco, adoro investigar, mesmo que isso me faça ter mais e mais trabalho. Aproveitei o ingresso de novos redatores no jornal e articulamos uma série diária de reportagens que, por se valer de entrevistas no bairro e vídeos postados em redes sociais, ganhou um alcance muito maior que o esperado.

Enquanto isso, a escola era tomada por formas e cores. Painéis, colagens e esculturas brincavam com diferentes possibilidades para explorar o conceito rede, indo de uma simples teia de aranha, passando por tecidos e redes virtuais. O clube de artes fez um trabalho realmente incrível, e até mesmo os professores mais turrões, como o de Física, que reclamava das "invencionices da Francine", amaram as novidades que viam pelos corredores.

— Vocês viram aquelas esculturas? Incríveis! Aquelas cores, o movimento. Os fios parecem vivos!

— Eita, professor. Está empolgado mesmo, hein?! Não pensei que você gostasse de arte.

— Posso saber o porquê, Cláudia? — Cláudia era a colega de classe que menos temia o jeitão militar do professor. Sempre falava o que pensava, gerando faíscas de vez em quando.

— Sei lá, você é todo quadrado, né? — A turma toda riu, e até mesmo o professor Emílio caiu na brincadeira.

— Mas todo mundo tem seus pontos fracos. Ou seriam fortes?
— Até eu, que estava na minha tentando resolver um problema de termodinâmica, engrossei o coro: Aêêêê!

— Mandou bem, profe. Até aparou um cantinho do seu quadrado com essa. — Mais risadas.

Cláudia foi a vencedora do concurso que deu o nome do festival do colégio. Eu achei o nome muito simples, até mesmo óbvio. Cheguei a questionar o voto popular ao conversar com Sabrina e me ofereci, junto ao clube de literatura, para avaliarmos os títulos, obviamente nos excluindo da competição. Mas ela negou, uma vez que não seria justo mudar o critério de escolha do vencedor no meio da competição. Engoli seco e tive de ver o número de votos para Cláudia, destaque do clube de esportes e cestinha do último torneio de basquete, crescer rapidamente. Tinha certeza de que ao menos dois nomes que passaram por mim lá no clube de literatura eram melhores.

— Ainda chateado com o nome do festival, cara? Nem pediu seu lanche ainda. — Nós quatro marcamos para comemorar na Gusmão Lanches no final de semana depois do enfrentamento derradeiro do pesadelo.

— Sim, Felipe. — Eu tinha certeza de que estava com a cara fechada. — É que havia tanto nome tão bom.

— Para de procurar pelo em ovo, Luquinha. Relaxa e comemora. Ou será que você tá pegando no pé especialmente da Clau? Ih... Já vi tudo. Daqui a pouco, o nosso letradinho vai até fazer exercícios para ficar perto de sua nova musa. Será que a Anne vai gostar disso? Ah... Acho que tô ligado... Você quer provocar ciúmes, né, espertinho? Ou será mesmo que cansou desse chove não molha que vocês estão?

— Felipe, agora chega! A vida é mais do que relacionamentos, sabia? De vez em quando, parece que para ti a vida é só isso.

— Relacionamento? Cruzes, cara. Comigo é só contatinhos, peguetes, ficantes, rolos e amizades coloridas. Você tem um pensamento quadrado. A gente está na flor da idade, cara.

O *sundae* de caramelo do Felipe chegou e ele o devorava avidamente, de boca cheia. Sempre achei curioso o fato de Felipe pedir sorvete ou qualquer outra sobremesa antes do sanduíche. Ele dizia que o doce tinha de vir antes, abrindo caminho ao prato principal.

— Se liga, Lucas. Você precisa se soltar mais, dar uns beijos, saca?

— Aham. Falou o cara que é contra imposições definindo como EU tenho de me relacionar. — Adoro revelar contradições. — Que fique claro, Felipe, eu não estou a fim da Cláudia.

— A Cláudia? A Cláudia da sua turma? Mas você e a Anne não estão...

— Sabrina! Não chega assim por trás que você me mata do coração! — Queria ter os poderes da Anne de vez em quando. — Tudo isso que está acontecendo não passa de um mal-entendido. O Felipe insiste que estou pegando no pé da Cláudia...

— O que é verdade...

Até você, Sabrina?

— E foi justo quando eu estava dizendo que não tinha intenção em me relacionar com ela, o que é óbvio para mim, que você chegou.

— Tem certeza? — Os dois falaram juntos, de braços dados. Felipe ainda piscou o olho esquerdo para aumentar a troça, enquanto Sabrina roubava um pouco do *milkshake*.

— Ah! Já chega! Será que não está claro que eu só tenho olhos para Anne?

— Eu?

Outro mico. Alguns segundos de silêncio invadiram a lanchonete. Eu tenho certeza de que o pessoal ao redor tinha ouvido, já que Anne, que mal entrava, ouviu seu nome mesmo sem usar seus poderes. Queria um buraco para enfiar a cabeça.

Fiquei tão focado nos dois que nem notei Anne entrar. E nossa, como ela estava linda! Um vestido preto levemente rodado e uma fita vermelha no cabelo, criando uma espécie de visual dos anos 60 do século passado, o que se concluía com o sapato vermelho que usava.

— Ô, seu Gusmão, esse *sundae* está ótimo! Falando em doces, acho que o pessoal aqui vai pedir uma torta de climão depois dessa. Sacou? Torta de climão, cara! — Felipe e Sabrina deram gargalhada, que foi seguida pelo dono da lanchonete.

A verdade é que aqueles dois tinham me ajudado com a Anne por várias vezes. E naquele dia, ou melhor, naquela noite, as coisas ficaram um tanto mais próximas entre nós. Mas essa é outra história.

— E então, galera. Vamos pedir o quê? — Felipe se levantou para pegar um cardápio colorido. Quando voltou, sentou-se ao lado de Sabrina. Eu notei que ele fez isso para me deixar mais perto da Anne. Felipe era muito esperto mesmo.

— Que tal umas batatas para a gente rachar?

— Beleza! — Anne finalmente abriu a boca depois do climão.

— Nossa, Sabrina, gostei da sua blusa. Está usando um visual mais descolado!

— Gostou mesmo? Fiquei bem insegura ao usar, mas o Lipe disse que cores quentes e formas geométricas ficariam legais, então escolhi essa blusa.

— Escolheu mesmo ou fui eu quem escolheu, senhorita indecisa?

— Está bem, Felipe. Tem todo o crédito. Foi você quem escolheu a blusa.

— Se quiser, eu posso ser seu consultor de moda, chefa. Aposto que consigo transformar o seu guarda-roupa em algo muito mais interessante que um armário com uniformes pra quem trabalha em uma empresa séria. Você nem tem vinte anos, mulher! — Felipe gesticulava divertidamente, imitando o jeito de Sabrina falar. — Vou fazer o pedido e aproveitar para lavar as mãos. Me sujei com o sorvete, acreditam? E para beber, o que querem?

— Chá gelado para mim.

— Suco de laranja.

— Café coado duplo.

— Batata frita com café? Você é meio doido, Lucas. Onde já se viu essa mistura?

— Deixa o Lucas, Felipe. Parece que você tem alguma coisa com ele, sempre pegando no pé por qualquer coisa. Eu acho que café combina com batata frita sim.

— Ui, Anne, foi só uma brincadeira. Mil perdões ao casalzinho.

Felipe inclinou-se para se desculpar, preenchendo de floreios sua linguagem corporal. Ao sair, sua blusa amarela ficou presa na mesa, dando um tranco no corpo dele para trás. Mas, como ele sempre parece pronto, aproveitou o movimento, fez um rodopio sobre seu eixo, como um mestre-sala, e terminou ajoelhado na direção do balcão. Então, ali mesmo, ele fez o pedido, como em uma súplica. Seu Gusmão se divertiu com aquilo tudo. Depois do pedido, Felipe foi ao banheiro cantarolando.

Conversamos um pouco sobre o jogo *online* que começamos a jogar até as bebidas e as batatas chegarem. O jogo é divertido, um MMORPG descompromissado. Não sou muito bom em jogos, mas gosto dos enigmas e da história do mundo de fantasia. Marcamos para jogar mais depois das provas.

Meu café estava excelente como de costume, e até pedi outro antes dos sanduíches chegarem. O único que decidiu pedir um sanduíche diferente foi o Felipe, que se arrependeu um pouco por seu prato ser por demais apimentado. Mas ele jura que adora pimenta.

Rimos muito naquela tarde e início de noite. É realmente ótimo comemorar com eles. Era questão de tempo até que as consequências de nossas ações no mundo dos pesadelos estivessem no centro de nossa conversa.

— Fiquei um pouco preocupada com seu sumiço, Felipe. Depois daquela noite, você deu uma desaparecida do grupo dos sonhadores. Anne, passa a mostarda, por favor?

— Sabe, Sabrina, eu acho seus cabelos lindos e realmente penso que é hora de repaginar seu visual. Eu te ajudo com as roupas e adoro conversar contigo. A Anne é uma bonequinha. Olha só como ela é esperta. Parece frágil, mas é forte e guarda seus trunfos. Ela é uma bela mariposa saindo do casulo. Já o Luquinhas é meu bebê. Como ele é fofo. Inteligente, bonito, uma preciosidade. Vocês são o máximo, meus melhores amigos, mas a vida não é apenas ao redor de vocês. Tem um cara novo que está se enrolando comigo. Pois é, foi rápido, mas vocês me conhecem. Não é só a pimenta que é quente.

— Essa foi péssima, Felipe! — Tive de comentar.

— Que bom que as coisas se acertaram rápido para você, Lipe.

— Ah, lembrei de uma coisa! Vocês não adivinham quem pode despertar poderes e se tornar como nós!

— Quem? Vamos ter aliados!?

— Bianca e Flávio, é claro. — Sabrina disse calmamente enquanto pegava o copo de suco.

— Como você sabia?

— Elementar, detetive Lucas. Ainda que todos na rede da dor

sejam potenciais sonhadores, os dois foram os únicos que não apenas voltaram à rotina, mas se aproximaram de nós. Sem contar que quando todos estavam no auditório, eles já estavam prontos a nos apoiar, tomando conta de seus próprios destinos. Ou seja, possivelmente estão no caminho de abraçar os seus medos. — A experiência da Sabrina no mundo dos pesadelos é notável. — Anne, há algo além disso?

— Eu notei durante um sonho que eles estavam com um visual diferente. Talvez comecem a montar suas personas no outro mundo.

— E como eles estavam? Visuais maneiros?

— Ah, Felipe. Melhor deixar que cada um descubra ao esbarrar com eles no mundo dos pesadelos. Eu mesma apenas me esgueirei, mas não quis me aproximar. Mas tudo dava a entender que tinham controle total sobre o que ocorria ao seu redor.

— Vocês não acham uma boa ideia abrir o jogo e chamá-los para andar com a gente?

— Por enquanto não, Felipe. — Sabrina se intrometeu. — Pode ter sido apenas fogo de palha, algo imediato após a derrocada do pesadelo que os agredia. Se falarmos agora com eles, dificilmente terão uma vida normal depois. E cá pra nós, não é uma coisa tão boa assim ser uma sonhadora, sobretudo quando os pesadelos invadem o nosso mundo.

— E as irmãs Sá? Alguma notícia? Estou tão atarefado nos clubes e no jornal que nem me lembrei de pesquisar sobre o destino delas depois que tiraram licença médica. Sabem por que passaram a faltar depois que tiveram a alta?

— É, Lucas, você é meio desligado mesmo. Até eu, mais ausente nestes dias, sei que as duas foram transferidas.

— Transferidas?

— Sim, elas foram para o Colégio Tamarindo.

— Achei a transferência um grande acerto da diretora Francine. Tenho certeza de que não foi algo impensado.

— Por que diz isso? — Anne perguntou, mas naquele momento já imaginava a resposta de Sabrina, que limpava seus lábios depois de terminar o seu lanche.

— Vocês já notaram que o Colégio Estações é uma espécie de armadilha profunda, um cadafalso?

— Armadilha? — Por essa eu mesmo não esperava. O que ela queria dizer com isso?

— Entrar naquela escola tão grande e com tantas camadas de passado é dar um passo rumo ao desconhecido. Sua estrutura, o que se imagina ao entrar, a cobrança dos pais, a posição que o colégio tem no bairro. Tudo isso é assustador. Ao mesmo tempo, o Estações fascina quem está do lado de fora, atraindo quem entra nele para ficar enredado em suas tramas e mistérios.

— Aonde você quer chegar com isso, Sabrina? Você está filosofando igualzinho ao Lucas desse jeito.

— Quanto mais nos embrenhamos no interior das estruturas da escola, mais difícil é sairmos. O colégio se torna algo total, preenchendo toda a nossa vida. Tenho pensado bastante sobre isso, sobretudo agora que estou no último ano. Talvez uma das formas de sobreviver ao colégio é dar as costas pra ele.

— O que você está dizendo, Sabrina?

— Não se preocupe. Não estou falando para deixarmos a escola de lado. Ocorre que muito do que projetamos sobre nós mesmos, amizades, a vida como um todo, tudo fica centrado em um único ponto de apoio. E é por isso, pelo que notei, depois de tanto tempo no Estações, que ele é o bolsão de operações dos pesadelos aqui no bairro. Em nenhum outro ponto do nosso mundo há tanta pressão, dúvidas, medos e frustrações. O colégio ajuda a formar laços, criar pontes, fortalecer quem faz parte dele. Mas isso é algo que nós estamos fazendo. Nós, Sônia, Francine, todos os que estão desconstruindo a estrutura tradicional da escola. O que estamos fazendo é, de alguma forma, reinventar o Estações. E nós também fazemos parte deste ciclo. Mas a gente não pode ficar preso apenas a ele, da mesma forma que temos de nos preparar para sair.

— Entendi seu ponto. Realmente parece que o colégio por si só é um local de acolhida, mas ele pode potencializar, ou mesmo gerar, os traumas, os tentáculos dos pesadelos em nosso mundo. Mas não entendi como a transferência das irmãs Sá para o Colégio Tamarindo foi acertada. Você não explicou isso.

14 • Lucas • As cascas das feridas

— Então, Lucas, a mudança de ares será boa para Karina e Keila, já que elas se viam no topo de uma pirâmide de micropoderes e chegarão a um local desconhecido. Elas vão sair do topo e começar por baixo, tendo de criar laços e amizades. E por lá, diferente do Estações, não há tanta pressão quanto à excelência. O Tamarindo é um colégio leve, há anos bem mais "doidão" que o Estações. É um colégio menor, com poucas turmas e professores. Tudo é mais próximo. Há menos vazios e mais calor humano, entende? Tudo isso ajuda muito a se enturmar. Além disso, nós conhecemos quem agita as coisas por lá. Podemos confiar na Vanessa, na Sâmia, no Hugo, no Adriano e na Fernanda. Aliás, desde quando Sônia me falou da transferência, falei com eles por meio da Vanessa, explicando por alto o que ocorreu com as duas irmãs, pedindo para que ela as apoiasse.

— E quanto a sair da escola, amiga. Você tá encarando bem isso?

— Sabe, Anne, ainda tenho mais ou menos um ano até sair e já estou me preparando. Passamos mais tempo dentro do Estações que em qualquer lugar. Criamos amigos, aprendemos, nos divertimos. Mas precisamos cortar alguns laços, como se rompendo um segundo cordão umbilical. E para nós, que somos sonhadores, o peso disso tudo é bem maior, já que nosso inconsciente está conectado ao colégio, à armadilha que falei. Sonhamos com ele, projetamos nossos medos lá. Para nós é mais difícil. Lembro que foi assim com meus veteranos, e é por isso que eles não falam tanto comigo hoje. Entendo bem isso, ainda que sinta falta deles, sobretudo do Alex. Mas agora, ao estar nesta posição de fim de ciclo, acho que esse distanciamento é fundamental.

Sabrina está em uma posição diametralmente oposta às irmãs Karina e Keila Sá. Penso até que ela, em algum grau, as inveje. Enquanto as gêmeas terão um novo começo em um novo colégio, minha veterana está terminando sua história com o Estações.

A transferência das irmãs para o Colégio Tamarindo é parecida com o caso de Anne, que também teve uma experiência traumática em sua escola. Ao chegarem ao novo colégio, elas serão acolhidas por novos colegas, reorganizarão suas vidas e até mesmo podem se tornar sonhadoras. Pensando bem, não sei se nós, sonhadores, somos excepcionais por desenvolvermos nossas personas e poderes. Talvez tenha sido apenas um golpe de sorte. Ou de azar...

— Gente, estava pensando nisso de sermos sonhadores. Será que há algum critério para isso, como uma escolha, um gatilho? Não me parece razoável que sejam apenas eventos traumáticos. Tenho estudado um pouco sobre a relação entre os mundos e não sei se dá para considerar apenas eventos individuais o que acontece com a gente.

— Felipe, no meu entendimento, os sonhadores são grandes escritores, inventores, arquitetos dos sonhos. O trauma é o gatilho para que a gente consiga agir sobre o mundo dos pesadelos, já que mexe com nossos medos, ansiedades e com nossa criatividade.

— Isso me faz pensar em uma coisa... Quando a Sabrina sair do Estações, ela vai deixar de ser uma sonhadora? Se o colégio é o grande ponto de tensão, pelo que ela disse, ao se afastar, ela vai "sair da armadilha", não é mesmo?

— Nossa, que complicado isso, gente. Eu não sei. Eu precisaria de mais dados para trabalhar. Sabrina, seus veteranos continuam aparecendo nos seus sonhos?

— Não, Felipe. Como eu disse, eles deram um tempo e se afastaram. É certo, justo, faz parte de uma nova fase, de uma nova etapa.

— Então isso significa que não são mais sonhadores, correto?

— Eu suspeito que não, gente. Talvez o mundo dos pesadelos deles seja outro, agora na faculdade, com seus novos amigos e rotinas. Isso se eles carregarem a maldição de continuarem a ser sonhadores.

— Sai pra lá com esse papo de maldição de novo, menina! — Felipe fez uma careta e um sinal da cruz com duas batatas fritas murchas.

— Tô pensando aqui, pessoal. Pode parecer uma loucura isso, mas já pensaram que se a gente apoiar, ficar grudado na Sabrina neste momento de transição, pode ser algo ruim? Se ela estiver certa, isso fará com que ela fortaleça os laços conosco e com o colégio, sendo mais difícil fazer a ruptura. Por outro lado, abandoná-la não é uma solução simples também. Primeiro porque ela é nossa amiga, e também porque ficar só facilita a ação dos pesadelos. E agora?

14 • Lucas • As cascas das feridas

— Esta é uma questão que não sei resolver, Lucas. E isso tem me tirado o sono, literalmente. Eu também não sei o que fazer, além de me imaginar como um dos alvos prediletos para os pesadelos nos próximos meses. Na verdade, não apenas eu, mas todo o terceiro ano.

— Você já está sentindo algo estranho? Tendo sonhos diferentes ou vendo alguma distorção?

— Não, Felipe. E se, ou quando, isso ocorrer, vocês serão os primeiros a saber. Só queria conversar um pouco sobre isso que já está me preocupando. Mas não vou ficar sofrendo de véspera, até porque temos um festival para fazer acontecer, não é mesmo?

Depois de recolher as bandejas e jogar o lixo fora na lanchonete, Sabrina abriu seu *laptop* e começou a falar sobre o festival cultural. Ela não havia avisado a ninguém que aproveitaria nosso encontro para trabalhar no festival. Felipe protestou, como esperado. Mas tanto eu quanto Anne já imaginávamos que isso aconteceria. Afinal, nós sabemos bem como ela pensa, como ela age. E mesmo que trabalhar para o festival no final de semana seja algo contraditório ao que falou há pouco sobre cortar os laços com o Colégio Estações, sabíamos que aquilo fazia bem a ela. E, honestamente, a todos nós também.

Os dias posteriores seguiram intensos. Os trabalhos para o Estações em Rede surtiam efeito e os vários alunos seguiram com o acompanhamento de Sônia Avilar no SOE enquanto se integravam aos clubes do colégio. A divulgação do evento para além da escola já surtia efeito e até mesmo os meus pais confirmaram a presença no festival. Espero que não me envergonhem me mimando na frente de todo mundo...

Sabrina mantinha contato com Vanessa, sua amiga do Colégio Tamarindo, que a informou de que Keila e Karina estavam se enturmando. Aproveitei esse contato inicial, somei ao de Anne e Sâmia e sugeri que criássemos um grupo de mensagens que ligasse nós quatro do Estações aos cinco do Tamarindo. Todos gostaram da ideia e o grupo foi criado. Até agora, ele ainda não foi batizado, já que ainda não chegamos a um consenso. Aposto que ampliar os contatos de Sabrina faria bem a ela. E talvez para mim também, já que até mesmo Anne já tinha feito isso. Pensei por aqui, com quem eu mais me afeiçoarei nesta nova rede de amigos? Talvez com Hugo, que é mais sério. Se bem que ele gosta demais de artes marciais, algo que não tenho o menor conhecimento. Suspeito que seja com o Adriano, aquele que chamam de Lento, que é ligadíssimo à cultura. Vamos ver, vamos ver. A sorte está lançada.

A rede da dor se desfez.
Enquanto redes de amizades se constroem.
Mas os pesadelos sempre espreitam.

Capítulo 15: Anne

POR FINAIS FELIZES

O despertador toca macio. Acordo bem. Bocejo. Tenho meus cinco minutos de manhã na cama. Os melhores minutos. Contorço meu corpo como uma gata preguiçosa. Como é gostoso ter uma boa noite de sono.

É melhor comer algo, mesmo que não esteja com fome. Sair de casa de estômago vazio não é uma boa ideia. Já desmaiei mais de uma vez por isso, e não é bom dar sopa para o azar logo no dia do festival do colégio.

— Anne, já acordou? Não vá perder a hora, hein!

— Já acordei, mãe. Não se preocupe.

— Estamos te esperando lá na cozinha para o café da manhã. Quer que prepare algo?

— Um misto-quente. Tudo bem? E café com leite, por favor.

— *Ok*, filha. Arrume-se. Seu pai e eu já nos arrumamos! Estamos empolgadíssimos para o festival!

— Eu também, mãe! Vou pro banho!

Eu tô empolgada com o Estações em Rede, mas também estou um pouco preocupada. E as duas sensações reviram um pouco minha barriga. Cólicas? Hum... o calendário me lembra de que estou chegando naqueles dias, os piores do mês. Torço para que o misto-quente não seja jogado para fora do meu corpo.

Ligo o celular em um *podcast* de cultura *pop* e vou para o banho. Hoje vou usar o xampu de pitanga. Que bom que o condicionador não acabou! Adoro esse cheirinho. O Lucas também!

Arrumo-me e confiro no espelho se ficou legal a combinação de uma calça escura com a camisa que comprei com a Sabrina no *shopping*. É engraçado. A gente usa todo dia o mesmo uniforme e fica torcendo para poder ir ao colégio com outra roupa. Mas nos dias em que podemos, como hoje, rola toda essa insegurança.

O celular avisa que há mensagens no grupo dos sonhadores. Ah, vou ter de ver indo para a cozinha.

— E aí, pessoal, ficou bom? — Felipe mandou sua típica foto de visual no banheiro. Ele estava um gato. — Melhor que esteja, hein! Eu não gastei quase todo o salário do mês à toa!

— Falando com quem, Anne? Não é seu namoradinho, de quem é essa voz? — Droga! Não coloquei os fones de ouvido, e como o Felipe manda sempre mensagens de voz, toquei-as sem pensar.

— Mãe, já te disse pra não chamar o Lucas de namoradinho. Esse que mandou a mensagem é o Felipe. Ele já veio aqui jogar RPG com o pessoal, lembra?

— Ah, o bonitão?

— É mãe, o "bonitão" — falei sendo bem caricata enquanto teclo com o pessoal.

— Olha só, gente. Eu também estou linda, né?

15 • *Anne* • *Por finais felizes*

Sabrina estava com um visual de arrasar! Enquanto Felipe apostou em um terno cinza claro com um corte estiloso e uma gravata vermelha, ela foi bem mais ousada, com uma saia lilás assimétrica e uma camiseta rosa bem viva. Sua maquiagem acompanhava a paleta, com um batom lilás e sombras rosa. Jamais conseguiria sair de casa com esse visual.

— Olha só como a Sabrina vai ao colégio, mãe! — Este misto-quente está tão gostoso!

— Já falei pra não falar de boca cheia? Nossa, ela está... diferente, né?

— Deixe-me ver aqui. — Meu pai deu uma olhada no meu celular e ambos ficaram um tanto desconcertados com a imagem de Sabrina. — Vocês estão indo para uma atividade do colégio ou para uma festa?

Já deu para notar o tipo de cabeça que meus pais têm, né? Mas nem dei trela e continuei a tomar café, quieta como sempre. Eu até mostraria a foto do Felipe, mas prefiro que eles vejam pessoalmente, já que vão ao colégio.

— E então, pessoal. Vamos?

— Só um minutinho. Vou escovar os dentes.

Volto ao banheiro e descubro que vou ter de espremer o tubo de creme dental. Odeio ter de fazer isso! Ao terminar aquele esforço e ver o creme sobre as cerdas da escova, sinto como se estivesse vencido uma disputa. Droga, ainda restou um pouco no tubo. Espero que meus pais terminem com ele.

É um pouco chato ter de escovar os dentes depois de um lanche gostoso. Acordei sem fome, mas o misto e café com leite estavam tão bons! Ainda bem que o creme dental é de gengibre, um sabor agradável.

Decido colocar o tubo amassado na prateleira enquanto confiro o celular outra vez e, por um cálculo errado, sinto que empurrei algo para o lado. Ah, não, eu vou derrubar tudo no chão!

Sem pensar direito, jogo o telefone para o alto. O tempo parece correr mais lento e, sem fazer muito esforço, pego o creme para as mãos e o pote de perfume no ar. Em seguida, tudo volta ao normal e consigo aparar, por puro reflexo, o celular que caía com minha mão esquerda.

Olho para minha face assustada no espelho do banheiro. O que foi isso que acabou de acontecer?

No caminho de volta para o meu quarto, mandei uma mensagem relatando ao pessoal o que ocorreu no banheiro e, como imaginei, ninguém acreditou. Felipe me chamou de ninja, enquanto Sabrina falou que eu estava vendo filmes demais. O único que deu algum crédito para minha história foi Lucas, que perguntou se tinha alguma distorção ao meu redor, uma manifestação do mundo dos pesadelos. Nada, absolutamente nada.

Lucas aproveitou para, depois de certa pressão de Felipe, mandar uma foto com seu visual. Eu ri ao ver o conjunto de camisa e calça, praticamente uma cópia do uniforme escolar. Lucas ia ao colégio de *cosplay* de aluno. Mas, pensando bem, até que isso era previsível. Ele é um fofo. Um fofo desengonçado, mas um fofo.

Pego minhas coisas no quarto e confiro se estou esquecendo algo. Está um pouco pesado, mas dá para levar sem problemas. Se minha família tivesse carro, eu tenho certeza de que seria um bom dia para usá-lo. Mas o Estações não é tão longe de casa, então tudo bem.

— Filha, tem certeza de que não quer que eu carregue?

— Anne, deixa de ser cabeça dura e deixa seu pai levar.

— Não, gente, eu consigo. Tá tudo bem. Tem alças para as costas, olha só. Então, é como carregar uma mochila.

Porta e portões fechados, partimos.

A manhã estava um tanto nublada, mas as nuvens não fecharam o tempo. Eram nuvens baixas, esparsas, que mais pintavam o céu que outra coisa. Como saímos bem cedo, era possível ouvir ainda os pássaros cantando e os pontos de ônibus não estavam tão cheios assim.

Fazia um bom tempo que não ia ao colégio com meus pais, algo comum na outra cidade em que morei quando era bem menor. A única vez que foram comigo ao Estações foi quando fui transferida, mas era uma situação bem diferente. Estou um pouco envergonhada, confesso. Mas estou feliz. Ambos conseguiram a dispensa do trabalho pela manhã para irem ao festival. Felipe e Sabrina não tiveram a mesma sorte, mas encaram a ausência de seus pais no evento de forma distinta. Enquanto Felipe comemorou o fato de ir sozinho e não ter de "suportar o velho", Sabrina ficou um tanto mal por seus pais não interromperem a rotina de trabalho para acompanhá-la.

No caminho para a escola, dava para ver o impacto da comunicação que Lucas coordenou. O bairro inteiro se deslocava para o Estações, até os alunos do Tamarindo! A diretora Francine conseguiu até mesmo que as aulas do outro colégio do bairro fossem interrompidas para o festival. Sorte que o Estações é bem grande. Eu não tenho dúvidas de que se o oposto fosse feito, o Colégio Tamarindo não conseguiria suportar tantas pessoas.

— É a Anne ali! Oi! — Vanessa e seus amigos acenam do outro lado da rua. Retribuo com um tchauzinho. Os cinco parecem apressados e dobram uma rua à esquerda, saindo do caminho do colégio. — A gente se vê por lá! Você tá bem bonita!

Não entendo aquela pressa toda àquela hora da manhã. Dou uma pequena risada ao vê-los correr. Só Hugo parece saber o que está fazendo, correndo como um atleta. Fernanda e Lento se esforçam como podem para acompanhá-lo, Vanessa não corre, mas dá pulinhos, e Sâmia vai andando rápido atrás, bufando um tanto, pois não curte esforços físicos. Noto algo peculiar, mas, com certeza, é algo da minha cabeça. Eu juro que vi, antes de eles dobrarem a esquina, Nessa deixar um rastro rosa brilhante para trás. Sabrina deve estar certa, eu estou vendo filmes demais.

Seguimos o caminho e passamos em frente ao Colégio Tamarindo, o antigo colégio de Felipe. Uma coisa sempre me chamou atenção naquele prédio colorido. O tema alegre, com desenhos e brinquedos, que é comum apenas na educação infantil, acompanha todo o prédio. O Tamarindo é bem diferente do Estações. Enquanto a outra escola do bairro juntava todas as séries, o Estações possui um prédio destacado para os primeiros anos de escola.

O complexo para o Ensino Médio já é gigante, mas o prédio para a educação infantil e ensino fundamental, que fica do outro lado do bairro, já é maior que todo o prédio do Tamarindo. Muitos fazem o exame de admissão para o Estações, justamente o que Felipe e eu fizemos. Como entrei direto no ensino médio, não conheço o interior do outro prédio das crianças. Já Lucas e Sabrina sempre estudaram na nossa escola, então conhecem bem o outro prédio.

Finalmente já é possível ver o grande portão de ferro da nossa escola. Os enfeites nas paredes e no próprio portão ficaram ainda mais bonitos com a luz da manhã. Demos duro até tarde, mas ficou ótimo!

— Filha, que bonito! Foi essa decoração que havia comentado? Você fez muito bem em não tirar fotos. Vê-la ao vivo é outra coisa!

— E lá dentro tem muito mais, pai!

No pátio, já há algumas barracas de informações e um dos palcos para a apresentação dos alunos. Sabrina fazia questão de recepcionar os visitantes do festival.

— Sejam bem-vindos ao Festival Estações em Rede! Este evento, organizado pelos alunos, abre as portas da nossa escola para toda a comunidade! Explorem os palcos, barracas e gincanas, que vão ocorrer durante todo o dia. E não se esqueçam de avaliar as atividades que participarem! Ali, naquela barraca inicial, há instruções para fazer a avaliação, via aplicativo ou formulários impressos, para cada atividade. Divirtam-se ao aprender e ao se conectar nesta grande rede!

— Ei, Anne, tudo bem? — Nossa, mas que surpresa, digamos… peculiar.

— Keila? Karina? Olá, pessoal! — Eu não percebi quando elas chegaram junto a um grupo de amigas, passando por mim na entrada do Estações.

— Uau, Anne. Arrasou com esse visual, hein! — A última vez que vi as gêmeas, elas estavam bem diferentes. Mas é muito bom vê-las sorrindo sem ser por crueldades.

— Obrigada. E o novo colégio, como estão indo?

— Olha, lá é meio doido, sabe? Pra quem chega do Estações, tudo é um tanto bagunçado. Não tem uma Sabrina para colocar ordem nas coisas. — Keila apontou para a presidente do grêmio, e nós demos uma risada.

— Olha, pessoal, aquela ali é a Sabrina, a "chefona do colégio" que eu havia comentado. — Karina complementou.

— Ainda bem que ela não está te ouvindo. Senão, já viu, né? — Novos risos vieram após a irmã comentar. — Olha, vamos circular um pouco. Quero mostrar o colégio para minhas amigas. Sabe, Anne, tenho um pouco de saudades daqui. Mas é bom virar a página. — Sei bem como é. — E como sei... — Ah! Não dá para subir nas salas de aula durante o festival. Só mesmo os alunos têm acesso, no horário das provas. Mas as outras áreas, como quadra e auditório, estão repletas de atividades. Vocês já foram à barraca de informação e pegaram o mapa do evento?

— Foi a primeira coisa que fizemos. Estamos um pouco indecisas ainda, mas acho que vamos passar primeiro na quadra.

— Acho que é uma boa ideia! Às oito, começam os números de dança. E o Felipe vai se apresentar! Aliás, olha ele ali! — Felipe passou ao nosso lado com Sueli, a dona do mercadinho em que trabalha. Ele acenou e nós retribuímos. Mas havia algo estranho naquela cena. Eu juro que vi as orelhas do Lipe pontiagudas. — Gente, prestem atenção nele. Vocês notaram algo diferente?

— Tirando a roupa chiquérrima que ele está usando? Nadinha. — Karina concordou com a observação da irmã. Deve ser algo da minha cabeça, afinal, tinha dormido pouco com a arrumação da escola. — A gente está indo agora, Anne. Se cuida!

— Até, meninas! Divirtam-se!

Foi bem surpreendente esse reencontro tão cedo. Ainda me recordava de suas versões no mundo dos pesadelos e de como parti uma delas ao meio com minha lança.

Também foi bom notar que ambas estavam bem entrosadas com novas amigas e que circulavam sem olhares condenatórios. O tratamento psicológico indicado por Sônia aos membros da rede estava surtindo efeito. Havia quem ignorava, quem comentava um pouco, mas ninguém odiava ou temia as irmãs enquanto andavam por sua antiga escola. Ainda bem que outra rede está sendo construída. Uma rede bem melhor por sinal.

— Pai, mãe, vocês não precisam ficar ao meu lado a todo o momento. Podem explorar livremente o festival. Eu vou subir para fazer prova daqui a pouco, então é uma boa ver no mapa o que vocês desejam fazer, tudo bem?

— Tá bom, filha. Já entendi que você está nos despachando. — Não gosto de quando minha mãe faz manha assim.

— Não precisa se preocupar, Anne. Já havia baixado no celular o mapa do festival há uns dias. Sua mãe está fazendo charme. Nós decidimos o que vamos fazer antes da sua apresentação antes de você descer para o café.

— Então vou nessa. Me desejem boa sorte na prova!

— É de que, filha?

— De tudo, pai. Tenho até três horas pra fazer uma bateria de questões.

Encarar meus colegas de classe sem uniforme é no mínimo engraçado. Todos arrumadinhos para fazer provas. Só a Sabrina mesmo para ter essa ideia louca. Mas não é que o clima está mais leve? Talvez a ideia da diretora de fazer quatro festivais, um para cada estação do ano, até seja uma boa. Já é o nome da escola mesmo, né? E pelo que estou notando, todo mundo está curtindo a ideia.

As salas foram divididas para a aplicação das provas. Os números pares farão os exames das sete até as dez da manhã, e os números ímpares das dez até a uma da tarde. Assim todos podem se apresentar em um único turno, e até mesmo os professores podem se revezar, já que duas turmas estão agrupadas na mesma sala. Misturar os anos ajuda mais ainda na aplicação da avaliação. Eu farei a prova com metade de uma turma do terceiro ano, que, para minha surpresa, é a turma da…

— Ei, Anne! Por que você não deixou esse trambolho lá na sala do grêmio? — Sabrina apontou para mim com uma pose curiosa, como se estivesse de espada em punho. O que achei mais estranho foi que, por puro reflexo, da mesma forma que rolou no banheiro mais cedo, me projetei para o lado sem pensar, como se estivesse me esquivando de um ataque.

— Ah, nem é tão pesado assim. Aliás, como você, que estava na entrada do colégio, já está aqui na sala? Nem te vi passando!

— Ah, Anne, você é que é muito lenta. Eu não posso chegar atrasada para as provas. Tenho de dar o exemplo, né?

— E quem ficou lá recepcionando? — Sentei em uma das carteiras ainda disponíveis e vi que o Lucas me desejou boa prova por

15 • Anne • Por finais felizes

uma mensagem. Ele é um fofo mesmo. Droga, esqueci de passar na barraca do clube de literatura. Mas acho que não vou gastar todo o tempo com a prova, então ficarei um tempinho por lá antes de ele subir, já que fará as provas no segundo intervalo.

— Vai ganhar um prêmio se adivinhar.

— Você está andando muito com o Felipe, hein. Já pegou dele essa mania de apostas e desafios.

— Deixa de ser boba, Anne. Vai lá, participe da brincadeira!

— Deixe-me ver... O Felipe, claro! Essa foi fácil!

— Errou! Errou feio!

— Errei?

— Errou sim. E acho que você nunca acertaria. Bianca e Flávio estão lá. — Sabrina retocava a maquiagem enquanto os alunos da minha turma babavam nela. Normalmente ela já roubava as atenções, mas com esse visual caprichado era difícil não notar.

— Atenção, alunos, vamos guardando o material, desligando os aparelhos eletrônicos. Vou anotar na lousa as principais orientações. Temos ainda cinco minutos antes da avaliação começar. Que bom que seguiram as orientações e se alternaram nas filas. Em breve começo a distribuir as provas. Não se esqueçam de não rasurar o cartão de respostas. — Não tenho aula com essa professora de língua portuguesa, mas sei que ela é querida por muitos alunos. Acho que o Lucas chegou a comentar dela para mim.

A prova estava chata. Sim, chata. Muito chata. Nem estava tão extensa assim, mas com detalhes muito minuciosos, coisas que demandavam muita atenção. Terminei em quase duas horas. Como previsto, tinha um tempinho para me encontrar com o Lucas.

Passo em uma das barracas de lanches e compro castanhas de caju torradas. Algo salgadinho é bom para quem tem pressão baixa como eu. Ali ao lado, vejo uma das apresentações de dança. Felipe arrasa como sempre e é aplaudido por todos. Vi o finalzinho da coreografia sensual que ele tanto comentou no grupo dos sonhadores. Ainda acho que ele tem de investir mais nisso, fazer aulas, essas coisas. Mas sei que ele não tem muito tempo. Já tem o trabalho, os estudos, o *parkour* e os "peguetes e ficantes", não posso me esquecer deles.

— Oi, Lucas! Trouxe castanhas!

— Ah, que bom! Estava morrendo de fome! E a prova, como foi?

— Chata. Mas foi. Espero que quem vá fazer o modelo dois tenha mais sorte.

— Conversei com o pessoal que saiu da minha turma e disseram que a avaliação da segunda série está bem *Ok*. Estou preocupado com o fato de colocarem os exames objetivos junto ao festival. Ainda não tenho certeza se foi uma boa ideia.

— Relaxa, Lucas. Essa semana ainda vão rolar as provas discursivas de cada disciplina. Melhor que o festival seja logo hoje. Já pensou a confusão que seria se fosse junto a uma prova e não a outra? Certamente algum professor se sentiria prejudicado.

— Ainda acho que seria melhor o festival no final se semana...

— Eu discordo. Já te disse que se é pra integrar algo novo, que seja durante um dia comum de aulas. Senão vão achar que é só um dia de festa e que os outros dias são normais no colégio. Você notou que nossa rotina mudou durante toda a preparação do festival? Aliás, a rotina de todo o bairro. E isso é incrível! Olha só como o colégio está cheio!

— *Ok, ok.* Você me convenceu. Está coberta de razão. Aliás, seus pais passaram aqui mais cedo.

— E?

— E fiquei bem nervoso, pois estava declamando minhas poesias na hora.

— Ai, que fofinho. — Apertei as bochechas dele, cheias de castanha de caju.

— Está tranquila para sua apresentação?

Quando ele muda de assunto assim, é porque não está confortável. Soltei suas bochechas enquanto fomos surpreendidos por uma explosão fora do colégio.

— O que foi isso?

— Talvez um transformador tenha explodido. A energia caiu!

Passaram alguns minutos até a força ser restabelecida. Mas, durante aquele intervalo, Lucas me deixou mais encucada.

— Anne, queria aproveitar para falar contigo algo estranho.

— É algo sério? Não é melhor falar depois, ou em lugar com menos pessoas? — Olho ao redor e indico a presença dos outros alunos do clube de literatura na barraca.

— Eles estão atendendo quem deseja os zines e outras publicações. Não se preocupe. Serei direto: eu levitei mais cedo.

— Ah, sim, claro. E eu sou a imperadora do mundo. Aliás, a conselheira da imperadora, que é a Sabrina. Afinal, em um mundo no qual é possível uma adolescente ser a imperadora, esse título tem de ser da Sabrina.

— É sério! Eu subi para pegar um material na sala do clube de literatura, mas pisei no cadarço desamarrado quando voltava. Daí já estava pronto para sofrer o baque de bater de cara no chão quando vi que permaneci suspenso no ar o tempo necessário para ajustar o meu corpo e pousar macio.

— Olha Lucas, falando sério agora. Eu notei algumas coisas bem esquisitas desde que acordei hoje, mas não sei se é algo da minha cabeça. Depois que sairmos da escola, você topa investigar?

— Investigar? Você sabe que eu amo investigar. Conte comigo!

Despedimo-nos faltando cinco minutos para a prova de Lucas e trinta e cinco minutos para minha apresentação. Quando soube que Lucas não me veria, fiquei um pouco triste, mas repetiria a apresentação para ele depois. Ele merece.

Subo no palco ao lado da barraca do clube. Um banquinho, uma caixa de som. Plugo o fone e testo o retorno. Olho ao redor e dou um sorriso ao ver que o pessoal do Colégio Tamarindo chegava correndo. Eles estavam meio descabelados, mas chegaram a tempo. Aliás, nem todos estavam assim. Sâmia permanecia plena. E o Lento não conta. Ele sempre está descabelado.

Meus pais também se aproximaram, e até mesmo Sônia Avilar e Francine vieram. Ai, ai, preciso me acalmar. No final das contas, não foram as provas que provocaram nervosismo, mas sim a apresentação.

Abro o estojo, confiro a afinação e começo a tocar o violão que não tocava desde quando me mudei. Vejo minha mãe lacrimejar. Meu pai colocou óculos escuros, mas sei que também está emocionado.

Reencontro minha voz. E nada como se encontrar em outro mundo para se reencontrar. Numa fração de segundos, estou em uma taverna medieval. Pisco forte e volto ao Estações. Acho que preciso mesmo falar com Lucas mais tarde. Parece que não há apenas o mundo dos pesadelos. Ou será que estou enlouquecendo?

A arte é sempre a cura.
E quando a dor se encerra.
A fantasia invade o mundo.

LIÇÕES SOBRE SONHOS E PESADELOS

Dor e sofrimento moldam experiências humanas. Por isso, em diferentes circunstâncias, algumas pessoas, ao desenvolverem traumas psicológicos, passam a ter pesadelos recorrentes. Lá, elas se veem enquanto vítimas de seus medos, de suas fragilidades. Apenas algumas delas decidem abraçar os seus medos para se libertarem deste ciclo. Ao libertarem-se de uma posição de espectadoras de seus destinos, um novo mundo se descortina, revelando-se como um reflexo distorcido de nossa realidade. Neste mundo, entidades formadas pelo que há de pior na humanidade se alimentam de nossos medos.

Os sonhadores transitam de forma voluntária através de sonhos lúcidos compartilhados. Ser um sonhador é ser um arquiteto dos sonhos, alguém que pode modificar o inconsciente coletivo. Mas isso é arriscado para suas mentes. Afinal, não é raro que associemos sonhadores da humanidade a gênios ou loucos. Sonhadores podem parecer poderosos ou distantes de nós, mas são tão frágeis e próximos que não é difícil enxergar a ação de pesadelos no nosso mundo. Basta que nos permitamos abraçar os nossos medos e sonhar, ainda que seja terrível.

As histórias de Lições tratam das vivências de quatro alunos no Colégio Estações. Lá, Anne, Sabrina, Lucas e Felipe partilham o segredo de poder manifestar poderes sobrenaturais em mundos paralelos enquanto assumem diferentes *alter egos*, projeções do que eles desejam ser, mas que o seu mundo não permite.

São as vivências e dramas adolescentes que atravessam Lições, histórias sobre crises, amizade e amadurecimento. Cada volume é focado em um episódio fantástico que interfere no cotidiano escolar, um evento que expressa os reflexos que os outros mundos provocam na rotina dos quatro amigos.

Rubro & Roxo foi escrito mesclando vivências e afetações enquanto professor e criador de jogos. Este texto foi repleto de idas e vindas, sonhos e pesadelos sobre jogos de poder e violência escolar. Ainda que temas assim sejam sensíveis em nossos tempos, não devemos nos furtar de contar tais histórias. Este volume funde-se em denúncia, apelo, invenção, intervenção, pesadelo e sonho.

Agradeço a cada autora, a cada autor de fantasia que abriu caminhos para esta publicação, sobretudo Ana Recalde e Ana Cristina Rodrigues, mulheres que admiro demais. Agradeço também a Prissilla Souza pelo apoio em todo o processo criativo; ao meu editor, Artur Vecchi, pela leitura atenta, pelas orientações precisas e por seguir apostando em mim. E agradeço também a você, bem como a cada pessoa que me permite seguir jogando com/nas narrativas.

Que a fantasia siga como caminho para explorar outros mundos possíveis.

Rio de Janeiro, julho de 2020.

GUIA DE PERSONAGENS

Anne

Uma jovem quieta, tímida e de voz baixa. Ela transparece tranquilidade ao efetuar tarefas distante do contato pessoal e normalmente fica com um nó na garganta ao falar em público. Anne tem 15 anos, está na primeira série do ensino médio e foi transferida há pouco tempo, já que teve um evento traumático em seu último colégio (houve um assassinato nele, e Anne não gosta de conversar sobre isso). Ela possui cabelos curtos negros e ondulados, pele morena e olhos negros, é magra e baixa. Não é raro vê-la com fones de ouvido, já que gosta muito de ouvir audiolivros e *podcasts*. Como uma sonhadora, possui o poder de ouvir os pensamentos daqueles que está observando, mas com isso não ouve mais nada ao redor. Seu alter ego no mundo dos pesadelos é de uma cavaleira armadurada, com uma lança e um belo cavalo branco.

Lucas

Amante de livros, tem sempre algum a tiracolo. Com cabelo liso negro e traços indígenas Guarani Mbya, Lucas tem uma estatura mediana, costuma usar acessórios como cordões e pulseiras, quase sempre remetendo a elementos da natureza. Estudante da segunda série, é membro dos clubes de artes e de literatura e é responsável pelo jornal da escola. Ele organiza recitais de poesia, peças de teatro e festivais culturais no colégio, apesar de ser um pouco tímido. Seu lugar favorito no colégio é a biblioteca, por razões óbvias. Lucas já trocou olhares com Anne, e eles enrubesceram. Os cochichos sobre os dois já são ouvidos pelo colégio, mas ambos negam, pelo menos por enquanto, algum envolvimento. Lucas possui uma história de vida bem triste. Sua infância foi nas ruas do bairro, porém, ele foi acolhido por pais adotivos. Muitos alunos se recordam dele ainda no tempo das ruas e o *bullying*, por vezes, persiste. Logo, Lucas prefere se embrenhar em mundos ficcionais a encarar os olhares de reprovação de seus colegas. Além disso, ele perdeu o contato com seus colegas das ruas e com seus familiares, que foram "removidos" do bairro anos atrás. Como sonhador, Lucas pode utilizar elementos da ficção do livro que estiver lendo quando precisa seguir em frente, seja removendo os conceitos do livro, seja conjurando o que eles descrevem. Seu alter ego é de um erudito do século XIX.

Sabrina

É a representante de sua classe e presidente do grêmio do colégio. Sua presença é notada ao longe por sua altivez e magnetismo pessoal. Ela possui cabelos vermelhos, é alta, de pele clara e com olhos verdes. Sua postura costuma ser ereta e imponente. É conhecida por sua liderança e justiça, porém, há quem a considere rígida demais. Dizem que chega a ser autoritária, mas esses boatos são apenas de seus desafetos. Ela está na terceira série do ensino médio, coordena o clube de ciências e tem tantas atividades paralelas dentro e fora do colégio que fica completamente esgotada ao fim dos dias. Ela não dorme, desmaia. Vez por outra, Sabrina transparece o cansaço por meio de cochilos, dispersões e falhas na memória. Toda essa cobrança que ela faz consigo mesma se dá pois sempre duvidaram de suas capacidades. Logo, ela não pode errar, tem de ser perfeita em tudo. Mas até quando aguentará essa pressão que vem de dentro e de fora? Como sonhadora, possui o poder de observar detalhes, pistas ou pontos fracos. Seu alter ego é uma boneca com vestido arrumado, podendo ser confundida com um pequeno brinquedo.

Felipe

Ação, corpo, movimento. Pense em alguém repleto de energia, que praticamente não para quieto. Felipe é alto, atlético, negro e com *dreads* azuis, e gosta de usar roupas e acessórios que destaquem sua forma física. Não, ele não é forte, mas plástico, torneado, elástico. Praticante de *parkour*, é destaque na educação física, ganha várias medalhas em competições de atletismo e natação. Felipe está na segunda série do ensino médio e provoca suspiros das meninas mais novas. Mas ele possui um segredo: é homossexual, e isso já gerou muitos problemas a ele, como ter sido agredido várias vezes por seu pai. Sobre as outras matérias? Ele gosta de biologia e química, mas é uma negação em geografia e história. Ah, Felipe gosta muito de dançar também. Como um sonhador, possui o poder de efetuar proezas atléticas quando precisa fugir de uma situação arriscada e seu alter ego é de um super-herói ágil e forte, que centelha energia elétrica ao se mover.

Bianca

Bianca é uma jovem tímida, estudante do primeiro ano e colega de classe de Anne. É baixa, possui cabelos negros longos e usa óculos vermelhos. Era mais extrovertida e até frequentava o clube de artes, mas se afastou de todos de uma forma muito abrupta, ficando em silêncio na maior parte do tempo.

Guia de Personagens

Flávio

Estudante da terceira série, tinha uma quedinha por Sabrina, que não deu a mínima para ele. De altura mediana e cabelos negros cacheados, Flávio é fera em matemática e dá aulas de reforço gratuitas para quem está com dificuldades em exatas. Sempre ativo e voluntarioso, é o braço direito da presidente do grêmio estudantil do Colégio Estações. Aliás, ele era assim. Ultimamente, ficou distante e responde sempre de forma ríspida.

Keila e Karina Sá

Irmãs gêmeas que estão na segunda série do Colégio Estações. Elas são as responsáveis pelo jornal do colégio nas redes sociais e agitam as mídias sobre as festas e festivais culturais. De certa forma, rivalizam com Lucas nos saraus e competições de literatura. Keila é um pouco mais alta que Karina e usa cores mais fortes. Karina é um pouco mais discreta em seu visual, mas é conhecida por ser descolada e irônica nos textos que usa nas redes sociais. Keila tem um visual mais descolado, enquanto Karina não usa nada além do básico, como o uniforme, blusa e *jeans*.

Sônia Avilar

Psicopedagoga responsável pelo Serviço de Orientação Educacional (SOE) do Colégio Estações, é uma das poucas pessoas que suspeita (ou mesmo sabe) sobre os sonhadores e a relação entre o nosso mundo e o mundo dos pesadelos. Há quem diga que ela tem outro emprego, possivelmente algo grande, pois sempre está usando roupas extremamente alinhadas e caras como o seu automóvel.

Francine

A diretora do Colégio Estações, que assumiu o cargo há menos de dois anos e começou a mudar a rotina na escola. Sendo criticada por romper com o ensino tradicional do colégio, implementa uma direção com grande participação da comunidade escolar. Ela é discreta e pouco se sabe de sua vida fora do colégio.